그저 따뜻한 말 한마디

그저
따뜻한 말 한마디

초판 1쇄 발행 2018년 10월 31일

지은이 김민
펴낸이 한승수
펴낸곳 문예춘추사

편집 강성욱
디자인 유경희
마케팅 박건원

등록번호 제300-1994-16
등록일자 1994년 1월 24일
주소 서울시 마포구 동교로27길 53 지남빌딩 309호
전화 02-338-0084
팩스 02-338-0087
블로그 moonchusa.blog.me
E-mail moonchusa@naver.com

ISBN 978-89-7604-369-6 (03810)

마음이 마음대로 되지 않을 때

그저
따뜻한 말 한마디

김민 지음

문예춘추사

1장 그저 따뜻한 말 한마디

2장 삶을 위한 유언장

4장 소복소복, 행복이 쌓이는 소리

프롤로그

　작년 시월 십일부터 올해 일월 십오일까지 백 일 동안 매일 썼다.
무슨 일이 있어도 썼다. 잠시도 가만히 있지 않았다. 온 힘을 다했다.
최선을 다했다. 그러나 마지막 페이지를 쓰고 난 후 깊은 상실감이 밀
려왔다. 불도 켜지 않은 채, 아무 소리도 내지 않고 가만히 있었다. 아
무 생각도 하지 않았다. 내 안에 아무런 감정도, 생각도 남아 있지 않
았다.
　몹시 기묘한 경험이었다. 술을 꺼내 혼자 마셨다. 날이 밝아 잠에서
깨니 겨울비가 내린다. 오랜만에 일을 하루 쉬었다. 앉거나 누워서 멍
하니 빗소리만 계속 듣고 있었다. 마음속에 내리는 비는 고요했고, 세
상에 내리는 비는 평화로웠다. 비는 조용하지만 확고하게 어디론가
스며들고 있었다.
　그렇게 아무것도 하지 않고 하루를 보냈다. 아무것도 하지 않았지
만 어떤 날보다 많은 일을 한 기분이었다. 한마디도 하지 않고 하루를
보냈지만 이미 할 말을 모두 끝낸 듯 후련한 하루였다.

그렇게 하룻밤과 낮을 흘려보냈다. 모처럼 마음에 필요한 시간을 허락해준 날이었다. 아무것도 하지 않은 그 시간이 생의 의미를 찾는 것만큼 소중한 일임을 온몸으로 느낄 수 있었다. 스스로에게 필요한 것을 허락해주는 일에 우리는 너무 인색하다. 회사를 위해서, 가정을 위해서, 연인을 위해서 한번뿐일 인생을 소모하고 있다. 물론 그것은 어쩔 수 없는 일이다. 숭고한 희생인지도 모른다. 그러나 지나간 시간은 결코 돌아오지 않는다. 아주 잠시라도 스스로를 위해 틈을 만들어주면 좋겠다.

일 년 중 단 하루라도 자신을 위한 시간을 허락했으면 한다. 하루 중 단 몇 분만이라도 자신을 위한 시간을 소유할 수 있기를 바란다. 당신을 위한 틈을 만들기 위해서 이 책이 도구가 되길 바란다. 마음껏 쓰기를 기원한다.

당신의 삶보다 가치 있는 것은 세상 어디에도 없다. 우리는 아직 패배하지 않았다. 그것만 기억해주길 바란다.

1장
그저 따뜻한 말 한마디

침묵

인생에서 침묵이 발언권을 획득할 때가 있다. 다른 모든 감정들이 할 말을 쏟아낸 후에도 그는 손을 들지 않는다. 하나둘씩 감정들이 그를 바라본다. 그는 아무 말도 하지 않는다. 어떤 달변가도 해내지 못하는 집중의 순간을 그는 만들어낸다. 그 순간 인생에서 중요한 것들의 대부분이 결정된다.

지구 위에는 언제나 하나 이상의 침묵이 존재한다. 우리의 생에도 침묵이 존재한다. 말이 듣는 이를 필요로 하듯 침묵 또한 들어주는 이를 필요로 한다는 사실을 사람들은 가끔 잊는다.

감사하는 태도, 감동하는 삶

감사하며 사는 것은 매일 우편함을 들여다보는 일이다. 물론 대부분의 경우 고지서에 불과하지만, 그래도 깨끗한 물로 씻을 수 있음에 감사하는 일이다.

불을 밝혀 책을 읽을 수 있음에 감사하는 일, 따뜻한 침대에 몸을 누일 수 있음에 감사하는 일이다. 당연하게 주어지는 것은 아무것도 없음을 기억하는 일이다. 물론 감사하며 산다고 늘 행복할 수는 없다. 그러나 감사하며 살지 않으면 행복할 수 없다. 그것을 잊지 말아야 한다. 감동은 삶의 눈부신 순간이며, 감사는 삶에 대한 태도다. 올바른 태도를 가지고 사는 이는 순간을 놓치지 않는다.

잊지 마라, 감사와 감동은 같은 우편함으로 들어온다.

이, 별

이별은 이름 하나가 별이 되는 일입니다. 비가 그치고 파도가 잠잠해질 무렵 밤하늘에 이름 하나 걸어놓는 일입니다. 이 별에서 두 번 다시 만날 일 없을 이름 하나를 가슴에 새기는 일입니다. 비록 온기는 사라졌지만 빛은 사라지지 않습니다. 우리 생의 밤을 비추는 별이 됩니다.

이름 하나 가슴에 담는 것을 사랑이라 하고, 이름 하나 별이 되는 것을 이별이라 합니다. 아프지 않았던 이별은 없었지만 뜨겁지 않았던 사랑 또한 없었습니다.

이별, 빛으로
이 별빛으로
찬란한 나의 밤

편지

오랜 기간 일기를 썼다. 어떤 이유로든 일기를 쓰지 못 하면 하루가 끝나지 않는다. 붕 떠 있는 듯 불안하다. 일기로 일상을 이해한다. 일기를 쓰지 않으면 대부분의 것을 제대로 이해하기 힘들다. 가끔 일기를 펼쳐보면 그날의 풍경에 내가 어떻게 서 있는지 알 수 있다. 그렇게 썼던 일기들 중 다시 보지 못할 기록들을 '편지'라고 부른다. 편지를 쓰는 것은 마음을 조각내어, 생의 일부를 잘라서, 누군가에게 건네는 일이다.

무수한 편지를 썼다. 중학교 때 펜팔이 시작이다. 무수한 이름이 있었다. 이름만큼 설렘이 있었다. 설렘은 편지지를 고를 때부터 시작이다. 편지지를 사는 김에 펜까지 골라 집으로 온다. 낮게 라디오를 켜고 괜히 스탠드를 켠다. 연습장에 몇 번 써본 다음, 마음에 들면 그제야 편지지에 옮긴다. 편지를 보내고 답장을 기다린다. 편지함 안에 무지개로 피어나던 편지들. 몇 번이고 다시 읽었다. 달콤한 단어들을 씹고 또 씹었다. 편지 상자 안에 들어갈 때까지.

고등학교 일 학년, 처음 가본 교회에서 첫사랑을 만났다. 주말을 애타게 기다렸던 건 그때가 처음이다. 예배가 끝나고 나누는 눈빛과 웃음이면 일 주일이 충만했다. 몰래 주고받던 편지 위로 쌓이던 마음. 그녀가 준 프리지아 꽃다발과 그림편지는 아직도 내 가슴 어딘가에 걸려 있다.

그 뒤, 편지를 쓸 수 없는 오랜 날들을 보냈다. 그러다 한 사람을 만났다. 매일 함께였다. 서로의 집을 오가고 집에 들어가도 전화기가 뜨거워질 때까지 이야기를 나눴다. 그러고도 남은 마음이 있었다. 그래서 편지를 썼다. 약국에서 일한 일 년간은 하루 네 통씩 짧은 편지를 썼다. 약봉지 안에 아침과 점심, 저녁, 잠자기 전에 읽을 내용을 채웠다. 가난한 나는 줄 것이 없었다. 생일에는 캡슐 약을 붓으로 털고 티슈로 닦아낸 다음 포스트잇에 짧은 문장을 담아 투명한 유리병 가득 채워 선물했다. 기억은 남아 있지만 그 편지들이 어디로 갔는지 나는 알 수 없다. 마음은 내 안에서 나온 다음 종이 위로 옮겨져서 그녀의 마음에 들어갔다. 그것이 아는 전부다. 알아야 할 것이 있다면 그것뿐이다.

지나온 생에 종이 위에 쓸 이름들이 있어 다행이다. 이름 위에 담을 마음이 있어 다행이다. 나를 떠나버린 사람들의 손에 편지 한 장 쥐어줄 수 있어 다행이다.

마지막 편지

당신 잘 지내고 있나요? 나는 이제 많이 괜찮아졌습니다. 어쩌면 당신은 더 이상 내 생각 같은 건 하지 않을지도 모르지만, 나는 가끔 당신 꿈을 꿉니다. 하지만 이제는 꿈에서 깬 후 고통이 몰려오지 않습니다. 그저 당신이 안부를 전하는 거라 생각하며 하루를 시작합니다.

당신이 남기고 간 줄넘기로 운동을 시작했습니다. 그 줄넘기가 다 닳아서 끊어진 순간 당신과 나 사이에 있던 인연의 끈 또한 끊어진 것을 느꼈습니다. 무언가가 강제로 끊어지는 것은 엄청난 고통입니다.

나 역시 마찬가지였습니다. 누군가 강제로 몸을 뜯어낸 고통을 느꼈습니다. 이제 와 당신을 탓하는 것은 아닙니다. 그것은 온전히 내 안에서 비롯된 것이며, 홀로 감당해야 할 고통입니다. 줄넘기가 닳아 끊어지던 날 슬픔이 아닌 희망을 느꼈습니다. 줄넘기는 새로운 줄넘기로 이어지고 줄넘기가 또 닳아 없어지기를 수없이 반복했습니다. 어느새 내 안에 항상 있던 통증이 사라져 있었습니다. 물론 흉터는 남고 사는 동안 그것을 간직한 채 살겠지만 흉터는 문제 되지 않습니다. 흉터도 당신이 내게 남긴 흔적이라 소중히 생각합니다.

당신이 떠나던 날 대부분의 것들이 내 안에서 빠져나갔습니다. 그것이 어디로 갔는지 알지 못합니다. 당신 가슴 어딘가에 잠들어 있는지, 혹은 당신이 떠나던 그 길 위에 버려진 것인지 모릅니다.

내가 아는 것은 가진 전부를 당신에게 주고 그때의 당신은 받았다는 것입니다. 그거면 충분합니다. 인간은 삶에서 필수적인 무언가를 상실하고도 살 수 있다는 것을 배웠습니다.

이번 생에 당신을 만난 것은 축복입니다. 이제 나도 잘 지냅니다. 지난 몇 년간 내 소원은 비록 나는 불행 속을 걸어가더라도 당신이 행복하게 지내는 것이었습니다. 이제 다릅니다. 우리가 행복하길 바랍니다. 더 이상 행복이 우리 사이에 존재하지 않는다 해도 각자의 장소에서 각자의 행복을 품고 살기를 바랍니다.

할머니

할머니는 말수가 적으셨다. 항상 일하거나 성경을 읽으셨다. 성경을 읽지 않을 때는 물을 길어오거나 밭을 돌보러 나가셨다.

방학 때 할머니 집에 지내러 가면 똥지게를 지고 오르거나 비료 푸대를 들고 놀이터 뒤편에 있는 언덕 밭을 함께 오르내려야 했다. 손자가 왔다고 해서 맛있는 반찬을 차리는 일은 없었다. 푸성귀 몇 장과 고추 몇 개 그리고 시골된장이 올라왔다.

가난하게 자라 반찬투정은 하지 않는 아이였지만 내가 똥을 뿌린 채소를 먹기는 어려웠다. 투정을 부려도 받아주지 않으셨다. 지금 생각하면 고추장이라도 몇 숟갈 줬으면 좋았을 텐데 싶다. 여름이면 다대포 해수욕장에 자주 갔다. 할머니와 둘이 갈 때도 있고, 사촌 동생들이 함께할 때도 있었다.

싸들고 온 짐에는 할머니가 만든 나무 삽과 커다란 우산이 들어 있었다. 우산을 파라솔 대신 파묻고 나무 삽으로 뜨거운 모래를 할머니 몸에다 덮었다. 그리고는 바다로 나가 놀았다. 때마다 돌아와 뜨거운 모래를 퍼 올렸다. 배가 고파지면 점심이다. 점심은 항상 미역수제비다. 원래는 수제비였던 것이 그때쯤이면 죽에 가까운 것이 되어 있다. 그래도 맛있었다. 그것을 먹고 바다로 뛰어가 놀았다. 햇볕이 약해지면 짐을 챙겨 다시 85번 버스를 타고 영도로 돌아왔다.

할머니가 내게 남긴 말은 거의 기억나지 않는다. 딱히 많은 이야기를 나눈 것 같지도 않다. 하지만 그 장면들은 내 안에 남아 있다. 할머니가 돌아가시던 때의 슬픔보다 다대포에서의 여름날을 기억하려 한다. 할머니가 견뎌야 했던 일제시대와 동란, 그리고 현대사를 관통하는 시간들을 공감할 방법을 나는 알지 못한다. 영원히 알 수 없을 것이다. 이야기를 들을 만한 나이가 되면, 나이든 사람들은 대부분 떠난 뒤라는 것은 삶의 슬픈 부분이다. 이왕이면 좀 더 어릴 때, 그것이 싫어도, 이해할 수 없어도 그래도 들어두었더라면 좋았을 텐데.

당신이 믿고 소망한 하늘에서 부디 보살핌을 받으면서 평안하시기를.

현명하게 인생을 소비하는 것

산다는 것은 소비하는 일이다. 전기를 소비한다. 가스를 소비한다. 쌀과 고기를 소비한다. 온갖 물건들을 산다. 사고 난 후에는 값을 치르고 세금과 공과금을 낸다.

대가를 지불하기 때문에 절약하기 위해 노력한다. 과일을 살 때 같은 가격에 싱싱한 것을 고르고 고기의 빛깔을 살핀다. 지불해야 하는 모든 일에서 '가성비' 좋은 선택을 한다. 그런데 돈을 쓰는 데 신경을 쓰는 만큼, 인생을 현명하게 쓰는 방법에 대해서는 신경 쓰지 않는 이유는 무엇일까.

돈으로 사는 것들은 셀 수 있고 눈으로 볼 수 있지만 인생을 소비해서 얻는 것들은 그렇지 않기 때문이다. 게다가 우리는 무의식중에 죽음을 터부시한다. 삶의 유한함을 '인지'하지만 우리 생이 끝난다는 것을 '인정'하지 않는다. 우리 삶은 언제든 끝장날 수 있다. 반드시 끝난다.

우리는 안을 볼 수 없는 금고에서 시간을 빼서 쓰고 있다. 아무것도 남지 않는 순간이 언제일지 알 수 없다. 우리는 먹고살기 위해 돈을 벌어야 한다. 어쩔 수 없다. 그래도 한번뿐인 인생을 돈을 벌기 위해서 만 사는 것은 너무 아깝다. 백 세 시대니 수명의 가치가 백 억쯤 된다 면 돈다발이 활활 불타고 있다. 불은 갈수록 거세진다. 끌 수 있는 방 법은 없다. 다 타고 나면 생은 끝난다.

준비하기 위해 사는 것이 아니다. 인생은 연습할 기회도 없다. 내가 글을 쓰는 지금도, 당신이 글을 읽고 있는 지금도, 다시 오지 않을 시 간이 흘러간다. 돈은 모을 수 있다. 없어지면 다시 벌면 된다. 시간은 그렇지 않다. 시간이 소중한 이유는 절대 모을 수 없으며, 돌이킬 수 있는 방법도 없기 때문이다. 우리는 인생을 팔아서 무엇을 살 것인지 를 고민해야 한다.

자신 안에서 들리는 목소리에 귀를 기울여야 한다. 가성비 좋은 인 생을 살아야 한다. 그것이 우리의 의무다. 인생은 무한하지 않다. 어떻 게 살다 죽어야 덜 억울할지를 고민하자. 인생은 분명 유한하지만 인 생으로 살 수 있는 것은 무한하다.

인생을 '산다'고 하는 이유는 인생으로 무엇을 살지 결정할 의무 와 권리가 우리에게 있다는 말이다. 부디 현명한 소비자가 되기를 바 란다.

인생에 피어난 한마디

별 볼일 없는 인생이지만 내 인생에도 향기로운 말을 건넨 사람들이 있었다. 그들의 한마디는 별처럼 떠올라 어둠에서 길을 잃지 않게 해주었다.

결혼이란 걸 하고 싶다는 생각을 해본 적이 없었어. 오빠를 만나기 전까지는.

살아줘. 잘살지 않아도 괜찮으니, 그냥 살아주면 안 돼?

잘 이겨내고 여기까지 와주어 고마워요.

말들은 길을 잃고 헤매던 내게 다시 길을 찾게 하는 빛이 되었다. 누군가는 떠났고 누군가는 남아 있다. 다시 보지 못할 사람이 되기도 했다. 하지만 그들이 건넸던 온기와 빛은 남아 있고 항해를 계속하는 한 나를 인도하는 별자리가 되어주리라.

말에 대해서

　지갑 여는 일보다 입을 여는 일에 신중해야 합니다.

　물건 잃어버리는 일보다 말을 잃어버릴 일을 염려해야 합니다.

　말 한마디 내뱉는 일을 몸의 일부를 잘라내는 일처럼 여겨야 합니다.

　사실 사람이 말을 하는 것은 몸보다 귀한 마음의 일부를 잘라 타인
에게 주는 일입니다.

　한번 잘라낸 말을 돌려받을 방법은 세상 어디에도 없음을 우리는
기억해야 합니다.

삼월의 달력

조금 피곤하고 마음이 가라앉은 날이던 어제. 집 앞에 택배가 있
다. 전북에서 한옥스테이를 운영하는 분이 보낸 거였다. 두베의 풍경
이 담긴 달력과 직접 블렌딩한 수프리모 커피와 꽃차가 들어 있다. 포
장을 뜯는 순간 코끝이 찡했던 것은 향기 때문이 아니다. 꽃과 허브를
채워 넣는 손길이 보였다. 따뜻하게 미소 짓는 사람이구나. 조용한 끈
기를 가진 사람이구나. 천천히 제대로 걷는 그런 사람이구나.

사소한 언행에서 그 사람 전체가 보일 때가 있다. 그리고 아주 가끔
그가 걸어온 길이 보인다. 그 사람의 색깔이 선명하게 보인다. 선입견
과는 다르다. 경험 때문인지 지혜 때문인지 모른다. 다만 어느 순간부
터 그런 것들이 가끔 보인다.

삼월의 달력을 받아들고 잠시 생각에 잠겼다. 일월과 이월의 풍경
을 보았다. 한번도 가보지 못한 곳의 풍경을 바라보고, 지나온 두 달을
돌아보았다. 그러나 사월 이후의 달력을 미리 넘겨보지 않기로 했다.

달력을 뒤적인다고 지나간 날은 돌아오지 않는다. 달력을 바라본다고 다가올 걸음이 빨라지지도 않는다. 오늘 내가 해야 할 일은 오늘에게 꽃차 한 잔 끓여주는 일이다. 향기에 흠뻑 취하고 젖은 채 그의 손을 잡고 걸어가는 일이다.

아버지와 나

아버지는 일생 운전을 해서 먹고살았다. 학원차를 운전하거나 개인 적으로 카니발을 운전하기도 했지만 대부분이 택시였다. 아버지는 항 상 누군가에게로 가서 누군가를 원하는 목적지로 데려다주었다.

그의 삶이 뜻대로 되었는지 알 수 없다. 원하던 목적지에 이르렀는 지 나는 알 수 없다. 앞으로도 알 수 없을 것이다. 그의 삶을 평가하거 나 재단할 자격 같은 건 내게 없다. 이해하고 싶을 뿐이다. 이해할 수 없다면 안아주고 싶을 뿐이다. 세월 속을 좀 더 함께 걸을 수 있었으 면 바랄 뿐이다.

엄마와 버스를 타고 갔다. 나를 보고 환하게 웃는 작업복을 입은 남 자. 엄마가 인사를 재촉하고 뛰어가 그에게 안긴다. 나를 하늘 높이 들 어올린다. 까르르 웃음소리가 하늘 아래 울려퍼진다. 거제에서 일하던 아버지를 만나기 위해 부산에서 내려간 세 살 때, 아버지와의 첫 기억 이다.

아버지는 청결한 남자였다. 그을린 얼굴과 달리 속살은 희었다. 늘 깨끗이 몸을 씻고 면도를 했다. 어른의 스킨냄새가 났다. 겨울에 외출

할 때는 갈색 코르덴 정장을 단정하게 차려입었다. 여름에도 칼라를 깔끔하게 다려 입는 남자였다. 세로로 글씨가 적힌 책을 제법 갖고 있었고, 바둑을 좋아했다. 가난하지만 단란한 가정이었다. 단칸방에는 시멘트가 발라진 한 평 남짓의 부엌 겸 목욕탕이 붙어 있었다. 나와 누이는 그와 어머니가 벌어다준 밥을 먹고 무럭무럭 자랐다. 낡은 화로에 성냥으로 불을 붙이고, 생선을 굽고, 연탄불에 밥을 짓고, 된장을 풀어 찌개를 끓였다. 개다리소반 위에 차려진 밥상이 늘 우리에게 왔다. 행복한 시절이었다. 아무런 고민 없이 밥을 먹고 잠을 잤다.

고단한 삶을 알기에는 어렸다. 지금이라면 대학을 다닐 나이에 아버지와 어머니는 부부가 되고 부모가 되었다. 젊은 그들 또한 행복했으리라. 무럭무럭 자라는 자식들을 보며 좋은 시절을 살았다고, 그렇게 믿고 싶다. 힘겨운 시절이 찾아왔다. 가난이 죄가 된다는 것을 알았다. 역겨운 선생들이 많았던 초등학교 때, 가난을 이유로 차별과 또래 아이들의 집단 괴롭힘을 견뎌야 했다. 차별은 슬픔이 되고 슬픔은 원망이 되었다. 원망은 부모에게 상처가 되었다. 아버지를 미워했다. 빈곤한 삶을 준 그를 증오했다. 그의 엄격함을 원망했다. 그를 이해하려하지 않았다. 나의 고통만이 오롯했다. 가난 앞에 나는 무력했고, 엄격한 그 앞에서 나는 언제나 말을 아꼈다.

때마침 사춘기였다. 새벽마다 함께 가던 목욕탕을 가지 않게 된 것이 엇갈림의 시작이었다. 목욕탕에 가면 우리가 첫 손님이었다. 한기가 배어 있는 욕탕에 아버지가 뜨거운 물을 틀었다. 어린 아들의 여린

피부를 이태리타월 대신 부드러운 수건에 비누를 묻혀 몸을 닦아주던
손, 작은 손으로 아버지의 넓은 등을 밀던 그 새벽녘마다 젊은 아버지
는 행복했을까.

일할 수 있는 나이가 될 때까지 아무것도 요구 않는 내성적인 아이
로 자랐다. 중학교 삼 학년에 첫 일을 시작하고 내 손으로 돈을 벌면
서부터 우리는 그만큼 멀어졌다. 빚을 갚기 위해 나의 미래를 팔아야
했을 때, 굴욕을 감내하면서 당신을 원망했다. 그때 나는 원망할 대상
이 필요했고 그것이 당신이었다. 지금은 안다. 당신은 나를 여기로 데
려오고 싶지 않았다는 것을. 더 이상 원망하지 않는다. 당신은 애쓰며
살았다. 세상일은 결코 뜻대로 되지 않는다. 그것을 깨닫기 위해 많은
길을 돌아왔다. 그만큼 오래 떨어져 지냈지만 우리는 결국 이어져 있
다. 앞으로 나는 오랫동안 당신과 함께 걷고 싶다.

말로 표현할 수 없는 것에 대하여

말을 잃는 순간이 있다. 말을 삼켜야 하는 상황이 있다. 누군가를 잃었을 때 — 삶에서 두 번 다시 만날 수 없는 관계가 되거나 죽음의 강에서 마지막 인사도 못한 채 멍하니 서 있을 때 나는 말을 잃는다.

그런 누군가를 마주할 때 나는 말을 삼킨다. 인생에 일어나는 일은 때로는 막장드라마보다 심하다. 그럴 때마다 가슴 안에는 무수한 감정의 소용돌이가 휘몰아친다. 언어는 그곳에서 소리를 잃고 침묵한다.

침묵으로만 설명할 수 있는 일들이 생기는 것이 인생이다. 침묵해야 할 순간을 구분할 수 있는 나이가 되었다. 나는 조금 쓸쓸해졌다.

나의 어머니

　어머니는 백 씨 집안 셋째 딸이다. 그녀는 스무 살 갓 넘어 나를 가졌다. 부족할 것 없던 그녀의 삶은 나로 인해 고행이 되었다. 눈물을 감추는 법을 배워야 했고, 꿈보다 인내를 가까이해야 했다.

　어머니는 삼십 년 넘게 공장을 다녔다. 청송이라는 공장을 다니다 동원참치 하청업체인 유동으로 들어가 일했다. 새벽 다섯 시에 일어나 밥을 차리고 나와 여동생의 도시락을 쌌다. 어스름해졌을 때 돌아와 저녁을 차렸다. 여름이면 복숭아 통조림을 만들고 겨울이면 골뱅이와 번데기 통조림을 만들었다. 여름에는 신물 나게 복숭아를 먹었고, 겨울에는 질리도록 골뱅이와 번데기를 먹었다.

　삼십 년이다. 공장이 몇 번이나 부지를 이전하는 동안, 어머니의 일상은 변함없었다. 삼십 년간 통근버스 안에서 나이를 먹었다. 자식들을 먹이기 위해 그 일을 받아들였다. 씩씩하게 일했다. 가난한 삶에서도 당당했다. 컨베이어 벨트의 속도를 따라잡으면서 보낸 삼십 년, 그녀의 팔은 굳어버렸다. 앞으로 팔을 제대로 뻗지 못하고 만세를 부르지 못한다. 행복을 향해 줄을 설 수 없었고 만세 부를 일도 없는 삼십 년이었다. 삼십 년 중 후반 몇 년은 고난의 연속이었다. 빚이 빚을 낳은 끝에 얼마 되지 않는 월급의 절반을 차압당했다. 그럼에도 눈물을 감추고 묵묵히 일했다. 나와 여동생을 위한 밥을 벌었다.

정년퇴직, 그녀는 불안했다. 일이 그녀의 일상이 되었고 일생을 바친 일이었다. 그녀는 나를 찾아왔다. 나는 그녀의 이름을 닮은 장미꽃을 한 아름 샀다. 거기에 백만 원을 꽂아 꽃다발을 만들어주었다. 수고하셨다고, 이제 쉬어도 된다고, 그만하면 충분하다 했다. 지금 그녀는 여동생의 자식들을 기르고 밥을 차린다. 나이를 먹었지만 나는 그녀가 사랑스럽다. 그녀가 자랑스럽다. 어머니는 아직 내게 소녀다. 여동생의 출산으로 할머니가 된 지 몇 년이지만 가끔 그녀를 만날 때마다나는 데이트를 청한다. 함께 걷고, 밥을 먹고, 차를 마신다. 술을 마시며 이야기를 나눈다. 우리에게 남아 있는 나날 동안 나는 계속 그녀에게 데이트 신청을 할 것이다. 만날 때마다 꼭 안아줄 것이다.

삼일 뒤가 그녀 생일이다. 꽃다발 하나에 용돈을 꽂고 이번에 나온 책을 들고 가서 바칠 것이다. 사랑한다. 당신의 아들이라 다행이다.

오래된 사랑니를 뽑다

사랑니가 몇 주 전부터 아프더니 이틀 전부터 몸살과 화음을 맞춘다. 어젯밤에는 몸살과 치통의 컬래버레이션이 절정이었다. 등은 쪼그라들듯 추운데 왼쪽 볼은 터질 듯 뜨겁다. 뜨거움과 차가움의 앙상블에 한숨도 못 자고 식은땀만 흘렸다.

아침이 되자마자 대충 옷을 걸치고 치과로 갔다. 마취를 하고 이를 뽑았다. 뽑은 이는 입 안에 있을 때의 느낌보다 훨씬 작다. 통증을 뿜어내고 있을 때는 심장보다 크게 느꼈는데 밖으로 나온 이는 작고 초라한 조각에 불과하다. 가운데 부분은 검게 썩어 구멍까지 나 있다.

아픔이 형체를 지닌다면 이런 모양이겠구나. 아무도 없는 곳에서 철저히 홀로 견딘 통증이, 남 앞에 나오는 순간 이토록 초라해 보이는 것도 그렇고, 밤을 넘긴 고통이 허무하리만치 순식간에 사라지는 것도 그렇다.

홀로 아픔을 감당해야 할 때도 있지만, 아픔을 끝내는 일에도 타인의 도움이 필요할 때가 있다. 몸의 상처를 의사에게 내보이듯 마음의 상처도 타인에게 내보여야 할 때가 있다. 참기 힘든 고통을 혼자 견딜 필요는 없다. 주위에 도움을 청하거나 완전한 타자인 전문가에게 의논해야 한다. 주위 사람들은 도움을 마다하지 않을 것이며, 완전한 타자에게는 대가를 지불하면 그만이다. 어렵게 생각할 필요 없다. 완전한 타자가 가장 심플하다. 대가를 지불하고 아픔을 덜어내는 일을 망설이지 말자. 마트에서 물건을 고르고 사는 일련의 행위처럼 일상적인 것이 되어야 한다. 어렵게 생각하지 않았으면 한다. 이미 어려운 일을 겪어 아픈데 너무 많은 것을 고려하지 말았으면 한다.

우리는 무수히 많은 아픔을 겪으며 산다. 사는 동안 아픔은 끊이지 않을 것이다. 그러니 끝낼 수 있는 아픔까지 쥐고 갈 필요 없다. 방법이 있으면 선택하고, 선택했으면 결정하라. 당신의 아픔을 끝내기로 결정하라. 당신을 안아주기로 그렇게 결정하라.

말로 표현할 수 없는 것을 이해하는 것

침묵이 지나간 자리에 쓴다. 그때는 이해할 수 없었던 것을 지금 이해해보기 위해 쓴다. 결국 모든 것을 이해할 수는 없다. 그래도 어떤 것은 받아들이게 되고, 또 어떤 것은 놓을 수 있게 된다. 내가 가고 나면 한 사람이 삶을 이해하려 한 흔적만이 조개무지처럼 가득하리라.

구름

구름을 본다.

햇무리구름, 해갓구름, 차일구름, 높쌘구름, 안개구름, 층구름, 두루마리구름, 층쌘구름, 비구름, 뭉게구름, 쌘구름, 메지구름, 꽃구름, 거먹구름, 비늘구름, 옆구름, 실구름, 위턱구름, 밑턱구름, 꼬리구름, 모루구름, 벌집구름, 송이구름, 오리구름, 토막구름, 홀레구름, 무지개구름, 조각비늘구름, 거친물결구름 — 이름 붙여진 구름과 이름을 알 수 없는 구름을 바라본다.

구름을 보면 가슴에 가득 채운 열기가 빠져나간다. 숨 쉬기 편해진다. 그래서 시간 날 때마다 집 뒤편의 텃밭에서 바람이 구름을 흔드는 모습을 지켜보곤 한다.

바람이 흔들면 구름은 저항하지 않고 흐드러지게 춤춘다. 두둥실 떠가는 구름을 보고 있으면 바람의 길을 엿보는 듯 설렌다. 퇴적되어 있던 무언가가 씻기는 청량감이 든다. 바람에 흩날리면서도 기꺼이 바람과 어우러지고 햇빛에 말라가면서도 햇빛을 껴안고 춤추는 구름을 보고 있으면, 나 또한 슬픔과 어우러지고 절망을 껴안고 춤출 수 있을 것 같았다.

그렇게 오 년을 보냈다. 아무런 의미도 없을지 모르지만 의미 없는 시간이 내게 필요했다. 누가 내게 행복을 설명하라 한다면 구름을 가리키면 충분하다. 항상 어딘가에 있는 것. 늘 모양을 바꿔가며 흩날리고 있는 구름. 항상 존재하기에 그냥 바라보면 된다. 그저 느끼면 된다. 다만 한순간도 같은 모습으로 존재하지 않기에 순간을 놓치면 두 번 다시 볼 수 없다. 그것만 잊지 않으면 된다.

오늘, 지금, 여기에서 행복해야 한다고, 내일로 미룰 수 없다고 구름은 매일 내게 말해준다.

충고

상대방이 원할 때 하는 것은 배려입니다.
자신이 하고 싶을 때 하는 것은 참견입니다.

참견은 일방적인 폭력이 되고
배려는 쌍방향의 치유가 됩니다.

충고는 얼마나 옳은가의 문제가 아니라
얼마나 적절한 시기인가의 문제입니다.

조언은 스스로 시원해지기 위해서가 아니라
상대방을 따뜻하게 만들어줄 수 있을 때에만
조심스럽게 이루어져야 합니다.

나를 안심시키는 것들

한적한 빌라로 이사온 뒤 여러 번 계절이 지났다. 집 뒤편에 자그마한 언덕이 있고, 주차장 옆에 제법 넓은 텃밭이 있는 것이 이유였다. 집을 보러 왔을 때가 마침 여름이라 텃밭에는 푸른 잎과 열매로 가득했다. 그날 이사를 결정했다.

이사한 후에 마음이 마음대로 되지 않는다면 먼저 몸을 움직이는 것도 방법이라 생각했다. 몇 년 동안 들쭉날쭉한 식사와 폭음으로 몸은 어처구니없이 망가져 있었다. 눈을 뜨면 무조건 뛰었다. 머리 위로 구름이 평화롭게 흘러간다. 구름 아래에서 작물들이 자란다. 보고 있으면 왠지 안심이 된다.

나에게 무슨 일이 생겨도, 세상에 끔찍한 일이 일어나도, 어딘가에서 사람들은 텃밭을 가꾸고 나무를 심는다. 밥을 지어먹고, 밤이 되면 이불을 덮고 잠을 잔다. 세상 어딘가에서 일상이 계속되는 한 희망은 있다. 일상을 유지하고 있는 한 아직 내게도 희망은 있을 것이다.

폭풍이 몰아친 다음날, 하늘은 개고 멋진 구름이 흘러간다. 구름 아래 텃밭이 있고 옥수수와 고추가 익어간다. 보라색 가지 꽃이 피고 노란 호박꽃이 핀다. 대추가 발갛게 익어가고 가을배추가 잎을 펼친다. 텃밭에서는 일 년 내내 무언가가 익어가고 자라고 심어진다. 혹독한 겨울에도 들판 아래 보리가 심어져 있다. 아마 나의 마음 어딘가에는 봄이 심어져 있을 것이다.

선물, 소유와 이야기에 대하여

며칠 전에는 중국에 다녀온 친구에게 고량주와 보이차를 받았다. 어제는 브랜디를 선물 받았다. 지난 몇 년, 내가 받은 선물은 대체로 이렇다. 선물 받은 자리에서 이야기를 나누며 소모하는 것들이다. 스스로에게 선물하는 것도 향수나 싱글몰트 위스키 정도다. 마시는 순간에만 존재하는 것, 뿌리는 순간에만 느낄 수 있는 것들. 순간이 지나면 빈병만 남는 그런 것들.

사실 소유를 두려워한다. 그래서 최대한 신중하게 소위 소유라고 부르는 '관계'를 맺으려 한다. 소유라는 말은 자기중심적이다. 철저히 자기위주다. 상호간 영향을 주고받는 '관계'를 맺는 일인데 소유는 일방통행이다. 소유하는 것은 소유한 것으로부터 역으로 소유 당하는 것이다.

자동차를 소유하는 순간, 각종 세금, 정기적인 관리와 점검, 주차의 번거로움에 소유된다. 자녀가 생기면 양육의 책임에 소유된다. 출산을 결정한 순간부터 많은 것을 포기해야 한다. 하고 싶은 일, 읽고 싶은 책, 가고 싶던 여행, 적금을 포기해야 한다. 옳고 그름의 문제가 아니다. 소유가 가진 양면성을 확실히 인지하자는 말이다.

소유하기 위해서 무언가에 소유되는 것을 받아들여야 한다. 소유를 통해 확장되는 인생을 받아들여야 한다. 소유는 관계를 맺는 중대한 일이다. 소유는 자아의 확장이다. 소유는 인생에서 중대한 사건이다.

소유하고 싶은 관계가 있었다. 그러나 볼 수 없는 사람이 되었다. 그 때문에 소유에 대한 경계심이 병적으로 심해졌다. 오랜 시간이 지나고 남은 것은 '이야기'뿐이다. 그와의 모든 이야기는 가슴속 어딘가에 남아 있다. 오히려 존재의 정당성을 증명하는 이유가 되었다. 모든 것은 소멸한다. 어쩌면 이야기마저. 하지만 이야기는 사는 동안 내 안에 있을 것이다. 살아 있는 동안 계속 이야기는 쓰일 것이다.

순간의 '이야기'가 소유하고 싶은 유일한 것이며, 사는 동안 소유할 수 있는 전부가 될 것이다.

버리는 용기, 비축하는 의지

팔 년 동안 연인에게 생일마다 향수를 받았다. 헤어진 후 버려진 짐 승처럼 살았다. 지칠 때마다 비어 있는 향수병을 기울여 냄새를 핥듯 마신 밤이 있었다. 바짝 마른 병을 눈물로 채우던 날이 있었다.

오늘 향수병을 모아서 버렸다. 이미 향기는 내 일부가 되었다. 가슴 에 향기가 남아 있다면 밀려드는 그리움, 슬픔, 미련 들을 — 그것이 사랑이 남겨준 마지막 유산이라도, 그를 보낸 것처럼 흔적을 버릴 수 있어야 한다. 용기를 가져야 한다. 용기 있는 버림으로부터 다시 무언 가를 채울 기회가 생긴다.

같은 시기, 아무것도 비축하지 않고 살았다. 치약 하나 칫솔 하나, 물컵 하나, 생수 한 병, 도시락 하나, 라면 한 봉지, 딱 하루만큼 버티 며 살았다. 하루 이상의 시간은 감당할 수 없었다. 하루는 다른 하루로 이어졌지만 전혀 다르지 않은 날들이었다. 아무런 기대 없이 살았다. 입 없는 하루살이 성충처럼 살았다.

무언가를 비축하는 것은 계속 살려는 자의 의사표명이다. 내일이 오리라 믿어야만, 내일은 좀 더 나아지리라 희망해야만, 사람들은 내

일을 준비한다. 무언가를 비축하는 것만으로도 괜찮은 시작이다. 편의점 인스턴트 음식 대신 마트에서 야채나 고기나 과일을 사는 것, 같은 가격인데 무게가 다르다. 무게만큼 삶은 중력을 얻는다. 당근과 호박을 자르고 양파를 채 써는 시간 동안 일상은 규칙성을 얻는다. 구운 고기만큼 삶은 에너지를 얻는다. 자신에게 따뜻한 밥 한 끼 차려주는 것으로 삶은 소중해진다. 차를 우려내는 짧은 시간, 삶은 평화롭다.

마음을 채울 수 없다면 냉장고를 채우라. 그것만으로 삶은 안심할 수 있는 것이 된다. 창대한 시작은 필요 없다. 당장 할 수 있는 작은 일부터 시작하면 된다. 사소한 것을 어떻게든 시작하고 그것을 반복하라. 반복이 습관이 되면 생활이 된다. 생활이 시작되면 일상이 자리 잡는다. 일상을 붙잡고 마음이 조금씩 바로 서게 된다. 물론 시간이 제법 걸리고 품도 제법 든다. 하지만 시작하기 어렵지 않고, 시작하면 확실히 효과 있다.

모든 일이 양면성을 가지고 있다. 상실로부터 버릴 수 있는 용기를 얻고, 아무것도 남아 있지 않을 때 비축할 의지를 가진다. 그렇게 삶은 계속된다. 언젠가 살아 있어서, 포기하지 않아서 정말 다행이라고 가슴을 쓸어내릴 날 또한 분명 있을 터이다.

의도적 행위로써의 감정

감정은 애매모호한 행위가 아니라 의도적 행위여야 한다.

기쁠 희喜, 성낼 노怒, 슬플 애哀, 즐거울 락樂, 미워할 오惡, 욕망 욕慾, 사랑 애愛 모두 마찬가지다. 칠정七情 중 성낼 노 자를 보면, 종 노奴 자 밑에 마음 심心 자가 있다. 즉, 마음의 노예가 되면 성을 내는 것이다. 뒤집어보면 마음의 주인이 되면 성 낼 일이 없다는 말이다. 중요한 것은 마음의 주인이 되려는 노력 자체다. 마음에 끌려 다니지 않으려 애쓰는 일, 마음이란 말을 부릴 고삐와 채찍은 가지고 있어야 한다.

당연한 권리(혹은 의무)를 위해서 어떻게 해야 할까. 일단 내가 가진 감정을 파악하는 일부터다. 칠정만이라면 어렵지 않지만 칠정은 뿌리에 불과하다. 칠정이 엮이고 섞여 무수한 감정들이 생겨난다. 모든 감정에게 이름을 붙여주는 것부터 시작이다.

감정에도 일정한 패턴이 있다. 어떤 상황일 때, 누구와 있을 때, 무엇을 할 때, 어디에 있을 때, 그런 감정이 생겨나는가를 보면 분류할 수 있다. 분류하면 감정의 크기와 빈도가 드러나고 이름을 붙여주면

그저 따뜻한 말 한마디

된다. 이름을 붙이는 일은 쉽게 이해하기 위해서다.

몇 년에 한 번 나오는 감정은 내버려두라. 우선 크고 강한 감정들, 주인을 쥐고 흔드는 감정부터 순서대로 이름을 붙여 정리한다. 다음 작업은 감정에 온갖 방법으로 대응하는 일이다. 분노가 휘몰아치면 일단 산책을 한다, 밀크티를 마신다, 아이스크림을 먹는다, 쇼핑을 한다, 운동을 한다, 위스키를 한 모금 마신다. 온갖 방법을 시도해본다.

같은 감정에도 다른 방법이 통할 때가 있다. 때로는 어떤 방법도 소용없을 때가 있다. 그래도 상관없다. 아무것도 하지 않은 것보다 낫다. 아무 방법도 통하지 않는 절망이 찾아오면 그냥 내버려두는 것도 방법이다. 감정 자체는 지극히 자연스러운 것이다. 그냥 문을 열어주고 나갈 때까지 내버려두면 된다.

다만 그를 손님으로 대하되 집주인이 누군지는 확실히 해야 한다. 감정은 의도치 않게 피어나지만, 피어난 곳은 나의 정원이다. 어떻게 가꾸고, 어떤 꽃에 물을 주고, 어떤 풀을 솎아내고, 어떤 나무를 가지치기 할지는 전적으로 내 결정에 달려 있다. 그래야만 한다.

화분

잎 사이에 노란 딸기 꽃이 피었어. 작은 화분 위에 피어난 세 송이 꽃을 바라보며 '좋은 일이 생기려나?' 그러다 마음을 고쳐먹었지. 이 꽃을 볼 수 있는 것만으로 충분히 좋은 일이지라고. 꽃은 초록빛 덩어리가 되고 하얀색과 초록색이 섞인 작은 덩어리가 되었다. 작은 덩어리에 서서히 빨간빛이 돌기 시작하다 마침내 열매 세 알이 되었어. 크기는 산딸기만 했지. 그것을 따서 먹을 때의 달콤함은 평생 잊지 못할 거야. 그리고 꽃이 열매가 되어가던 날들 또한 잊지 못할 거야. 돈으로는 살 수 없는 것들. 풍족한 흙과 빗물로 자라나는 작물에서는 얻을 수 없는 무언가가 내 안으로 들어온 기분이었어. 나 역시 작은 화분이 열매를 품어낸 것처럼 희망을 품을 수 있다는 그런 생각이 들었어. 살기 위해 꼭 필요한 무언가가 다시 내 안으로 들어온 것을 알 수 있었어.

오후의 그림자

해가 떠오른 아침에 그림자를 보고 있는 사람은 없다. 만약 보고 있다면 그는 아직 어제에 머물고 있는 것이다. 한낮을 지난 오후 그림자를 보고 있는 사람은 오늘을 생각하는 것이다. 오늘을 슬퍼하고 있는 것이다. 가끔 달빛이나 가로등 불빛 아래 그림자를 바라보고 있는 사람을 만나면 그저 모른 척 돌아가라. 그는 결코 오지 않을 무언가를 기다리는 사람이다. 그림자 속으로 들어가 그림자로 죽을 사람이다.

청춘의 얼룩

　인력센터에서 일을 얻지 못하고 빈손으로 돌아오는 날이면 서러웠다. 버스비를 아끼기 위함도 있었지만, 그보다는 남아도는 하루의 시간을 어떻게든 '죽이기' 위해서였다.

　시간을 죽인다는 것이 얼마나 처량한 일인지 주머니가 텅 빈 사람만 안다. 아침 일곱 시에서 여덟 시 사이 바다는 푸르고 바람은 선선하다. 다리 위로 시내버스와 자동차가 줄지어 지나간다. 버스 안 학생들이 자동차 안 직장인들이 저마다 목적지로 향한다.

　목적지도 푸른 바다로 뛰어들 용기도 없는 나는 그저 모자를 눌러쓰고 고개를 숙인 채 울며 그 다리를 자주 건넜다. 기억하기 싫은, 그러나 반드시 기억될 내 청춘의 얼룩들. 이제는 생의 긍지가 된 얼룩들. 살아남은 자의 징표.

티브이를 팔고 나의 시간을 사오다

언제부턴가 집으로 돌아오면 습관처럼 티브이를 켜는 나를 발견했다. 책을 볼 때도 있고, 공부할 때도 있지만 결국 티브이를 켜고 채널을 돌리면서 인생을 낭비하고 있다. 문제는 티브이가 아니다. 진짜 문제는 인생을 의미 없이 흘려보내는 나였다.

그날 밤 티브이를 버렸다. 행동이 곧바로 결과로 이어지지 않았지만 제대로 된 인생을 살 가능성을 얻었다. 시간을 제대로 써보기로 했다.

먼저, 인생에서 가장 높은 비중을 차지하는 '잠'이다. 한번뿐인 인생에서 사십 퍼센트를 잠으로 보내자니 손해다. 악덕사채업자에게 선이자를 떼이고 돈을 빌린 채무자가 된 기분이다. 그래서 잠을 줄이기로 했다. 하루 여덟 시간에서 여섯 시간으로, 여섯 시간에서 다섯 시간으로 계속 줄였다. 그러다 심각한 입면장애와 불면증에 시달렸다. 아침 일곱 시나 여덟 시가 되어서야 겨우 잠들었다. 한숨도 못 잘 때도 있었다. 잠은 낭비라는 강박으로 잠의 필요성을 외면해서다. 몸뿐 아니라 마음을 쉬게 하는 유일한 시간이 잠이다.

사람마다 적절한 수면양이 있다. 내 경우 일곱 시간이면 충분하고, 여섯 시간이면 적당하며, 다섯 시간도 나쁘지 않다. 각자의 생체리듬, 환경에 맞춰 필요한 잠의 양을 확실히 하는 것이 시간을 버는 첫 번째 방법이다.

두 번째가 스마트 기기이다. 스마트폰에 종속되지 않으려 한다. 티브이보다 수십 배의 기능, 수백 배의 중독성을 지닌 기계. 이용은 하되 기계가 나를 이용하는 것을 허락하지 않는다. 거리를 둔다. 지금도 스마트폰은 나와 삼 미터 이상 떨어져 있다. 그것만으로 일상에 수많은 여백이 생기고, 여백은 나를 위한 시간으로 채울 수 있다.

세 번째는 멀티태스킹. 운동할 때 노래 듣고, 버스를 기다리며 책을 읽고, 지하철에서 책을 읽는다. 밥을 먹으면서 책을 읽는다. 은행이나 관공서에서 기다릴 때는 글을 쓴다. 원래 기다리는 걸 좋아하지 않는다. 기다리며 가만히 있기에 인생은 너무 짧다.

십 분, 그래 십 분이면 충분하다. 따로 시간을 내기에 우리는 너무 바쁘다. 십 분이면 플랭크를 몇 세트나 할 수 있다. 십 분이면 시 한 편 읽을 수 있고, 십 분이면 짧은 편지 한 통 쓸 수 있다. 시간이 없는 게 아니다. 시간을 막연한 덩어리로 인식하기 때문에 못 하는 것이다. 시간을 쪼개야 한다. 쪼갤수록 시간은 늘어난다. 그렇게 만든 시간은 오롯이 내 것이어야 한다. 무엇을 하건 자유다. 그리고 인생은 한번뿐이다. 그래서 정답은 없다. 우리는 무엇이 정답인지 오답인지 알지 못한 채 죽는다.

돈은 쪼개면 줄어들지만, 시간은 쪼갤수록 늘어난다. 재테크는 하지 못해도, 시테크 정도는 하며 살고 싶다.

왜 책을 읽는가

모처럼 한가로운 오후, 가을햇살이 좋아 빨래를 했다. 내친 김에 이불과 침대시트까지 빨고 설거지를 했다. 싱크대까지 치약을 묻혀 닦았다. 아직도 몇 시간이 남았다. 고민하다 결국 도서관을 다녀왔다. 책을 끊은 지 겨우 오일, 금단현상을 견디지 못했다. 책 몇 권을 들고 돌아오는 길, 책의 무게만큼 일상은 안심할 수 있게 되었다.

활자중독이 시작된 것은 초등학교 입학 전부터다. 아버지는 온종일 택시운전을 하고 어머니는 새벽에 나가 어둑해질 무렵 공장에서 돌아왔다. 학원 다닐 일도 없던 나는 집에 있는 책을 읽으며 시간을 보냈다. 비좁은 단칸방에 다섯 단짜리 책장이 있었다. 책장에 꽂혀 있던 책들을 몇 번이고 읽었다. 그리스 영웅들과 바다를 건너고 한니발과 산을 넘고 올림퍼스 위 신들의 세계를 훔쳐보았다.

초등학교에 입학해서도 마찬가지였다. 놀이도 즐거웠지만 친구에게 책을 빌리는 즐거움이 컸다. 학년이 올라갈 때마다 학급문고에 비치된 책들을 학기 초에 모두 읽었다. 집단 괴롭힘을 당하기 시작한 후, 도서관은 유일한 도피처였다. 도서관은 가난한 자와 부자를 구별하거나 남자와 여자를 차별하지도 않았다. 그곳으로 가서 책을 읽는 순간만은 숨 쉴 수 있었다.

도서관에서 유년기와 사춘기를 보냈다. 중학교 삼 학년 때 아르바이트를 시작한 후 읽고 싶은 책을 살 수 있었다. 이외수, 베르나르 베르베르, 이문열, 최인호, 로빈 쿡, 마이클 크라이튼의 소설과 원태연, 릴케, 블레이크, 서정윤의 시를 읽었다.

일만 하던 이십대에도 책 읽는 즐거움은 있었다. 상실 후에도 내게 와준 문장들이 있었다. 김연수, 박민규, 천명관, 백영옥, 무라카미 하루키, 온다 리쿠, 에쿠니 가오리, 그리고 정호승과 엘리자베스 퀴블러 로스의 문장이 내게로 왔다. 아무도 남아 있지 않을 때, 내게로 와서 말을 걸어준 문장이 있었다. 문장들이 없었다면 살아남을 수 없었다. 문장들에게 부축을 받으며 여기까지 왔다. 그래서 오늘도 책을 읽는다. 사실 글을 쓰기 위해 책을 끊으려 했지만 결국 책을 읽고 있다. 책을 읽는 것만으로 삶은 나쁘지 않다. 오늘밤 따뜻한 전기장판은 마법 양탄자가 되어 모든 세계로 나를 데리고 간다.

어떻게 읽을 것인가

손가락에 침 묻혀 책장 넘기지 말라. 손톱으로 긁지 말라. 책장 접어 표시 말라. 땀난 손으로 서책 들지 말라. 베고 눕지도 말고 팔꿈치로 괴지도 말고, 술항아리 덮지도 말고 던지지도 말고 다리 사이 끼우지도 말라. 서책 휘둘러 창이나 벽에 묻은 먼지 털지도 말라.   ＿ 이덕무

이덕무는 책을 귀하게 여겼다. 하지만 내 생각은 다르다. 책은 조금 더러워도 괜찮고 조금 함부로 다루어도 괜찮다. 밥 먹으며 읽고, 차 마시며 읽는다. 차 안에서 읽고, 술 마시며 읽는다. 간식을 먹으며 따뜻한 이불 속에서 읽는 책은 행복이다. 김치찌개가 튀면 어떻고 아메리카노가 묻으면 어떤가. 과자부스러기 따위 털면 된다. 내가 소중히 여기는 것은 책 읽는 순간의 즐거움이다.

뜻을 새겨가며 자세히 읽는 정독, 처음부터 내리읽는 통독, 책의 중심내용이나 필요한 정보만 빨리 읽어나가는 속독, 소리 내어 읽는 음독, 소리를 내지 않고 읽는 묵독, 필요한 부분만 골라 읽는 적독, 여러 가지 책을 많이 읽는 다독. 책의 종류에 따라 기분에 따라 내키는 대

로 하면 된다. 시는 소리 내어 읽어 울림을 느끼고, 추리소설은 시간을 내어 단숨에 읽어야 제맛이다. 업무에 관련된 책은 발췌하며 읽으면 되고, 경전이나 철학서는 시간을 들여 읽는다. 어떤 방법으로든 아무 데서나 편할 대로 읽으면 된다. 그리고 '틈독'이다.

　책 읽을 시간을 힘들게 만들 필요 없다. 틈 날 때마다 읽을 수 있게 항상 책을 들고 다니면 된다. 카페에서 친구를 기다릴 때, 지하철에서 운 좋게 앉았을 때, 라면이 끓는 동안, 은행 대기인 수가 열 명이 넘을 때, 그냥 읽으면 된다. 이야기 자체의 즐거움은 물론이고, 얼마의 시간이 걸리든 책을 한 권 읽으면 그 기억은 오래 남는다. 일이 바빠서, 할 일이 너무 많아서, 머릿속이 복잡해서 책을 읽을 시간이 없다는 변명 대신 지금 당장 가방 속에 책 한 권을 넣어 두라. 그것만으로 '틈독'의 시작이다.

취향은 자신을 인정하기 위한 것

로열 밀크티는 좋아하지만 우유와 홍차를 따로 마시지는 않는다. 통닭은 가끔 먹지만 치맥은 하지 않는다. 커피는 잘 모르지만 몇 년째 한 카페만 간다. 위스키는 스트레이트가 좋고 브랜디는 온더락이 좋다. 테킬라는 냉동실에 넣어두고 스트레이트로 마셔야 제맛이다. 자동차에 관심이 없어 차종도 구별 못 하며 시계도 관심 없다. 솔직히 일체의 기계류에 관심이 없다. 축구는 유명클럽의 이름만 안다. 운동은 등산, 줄넘기, 러닝처럼 혼자 하는 것이 좋다. 다른 팀을 이기는 쪽보다는 내 안에 있는 나약한 나를 이기는 편이 뿌듯하다.

나열한 이유는 한 가지, 이런 취향을 가지고 있다 해서 아무 문제없다는 것이다. 오히려 이렇게 오랫동안 쌓인 취향들은 나라는 인간을 이해하는 일종의 지표가 된다. 좋아하는 것과 싫어하는 것이 무엇인지 아는 것도, 관심 있는 것과 없는 것을 구분하는 것도, 자기성찰의 기회가 된다.

기회를 남의 시선 때문에 놓치면 안 된다. 취향마저 남들에게 인정받으려는 강박으로 자신을 괴롭히지 않기 바란다. 당신은 열심히 살아왔고 앞으로도 누가 요구하지 않아도 열심히 살 것이다. 마시고 싶고 하고 싶고 보고 싶고 듣고 싶고 먹고 싶은 무엇이든 해도 괜찮다. 그 정도 자격은 있다. 취향을 세워나가는 과정은 당신이라는 존재를 바로세우는 과정이기도 하다.

　일생을 한번에 이해하려면 얼마나 어렵겠는가. 그저 당신의 취향을 인정하면서, 당신을 이루는 것들을 하나씩 인정해나가는 편이 훨씬 편하고 즐겁다. 물론 당신을 이루는 취향은 넓어지거나 깊어지고 바뀌겠지만, 그것은 몸을 이루는 세포들이 몇 달이면 새것으로 변하는 일과 다르지 않다. 다만 당신은 아주 작은 것부터 단단하게 쌓아올린 당신일 것이다. 당신이 어떤 취향을 가지고 있던지 지구는 공전과 자전을 아무런 문제없이 잘하고 있다. 당신의 취미 때문에 세계에 분쟁이 늘어나지 않으며 당신의 기호 때문에 대한민국 안보에 심각한 문제가 생기지 않는다. 하지만 당신의 세계는 좀 더 풍요로워질 것이다. 그것만은 장담할 수 있다.

다섯 가지 맛과 일곱 가지 색

　다양한 사람들과 마주친다. 부정적인 사람을 만나 숨 막힐 때도 있고, 긍정으로 똘똘 뭉친 사람을 만나 부담스러울 때도 있다. 별것 아닌 일로 화내는 사람도 있고, 작은 일에 웃음을 터뜨리는 사람도 있다. 그런 사람들과 마주치는 것처럼 우리는 여러 감정들과 마주친다.

　불교에서는 감정에 대해 이렇게 설명한다.

　눈, 귀, 코, 혀, 몸의 다섯 가지에서 오욕(재욕, 성욕, 식욕, 명예욕, 수면욕)과 칠정(희喜, 노怒, 애哀, 락樂, 애愛, 오惡, 욕慾)이 생기고, 그 오욕칠정으로부터 서른여섯 가지 번뇌가 발생하는데 그 번뇌가 과거와 현재, 그리고 미래에 걸쳐 있기에 백팔번뇌다. '번뇌'는 근본적으로 자신에 대한 집착으로 일어나는 마음의 갈등이다. 번뇌를 벗어나는 것을 열반이라 한다.

　그러나 나는 '열반' 하고 싶지 않다. 아름다운 것에 미혹되어 살고 싶다. 미혹된 채 살아가는 것은 감정을 받아들이는 것이다. 신맛, 쓴맛, 단맛, 짠맛, 감칠맛이 어우러져야 맛있는 식탁이 완성되듯 기쁨과 사랑만이 아니라 슬픔과 분노, 절망 또한 일생을 이루는 부분임을 납득하는 것이다.

　일곱 가지의 감정 또한, 일곱 빛깔 무지개처럼 삶을 다양한 빛으로 물들이는 선물로 받아들인다. 슬픔과 절망은 삼키기 쉽지 않지만 어차피 들이켜야 한다면 시원하게 들이킨다.

　마음이란 밭에서 감정이 자라는 건 자연스러운 일이다.

　다만 감정을 일상에 놓는 방법은 우리가 정해야 한다. 음표를 배열하듯. 처음에는 서툴겠지만 멈추지 않고 계속하면 된다. 세상에서 가장 멋진 노래는 아니어도 최소한 나의 노래는 가질 수 있다.

미생을 위한 변辯

춘추시대 노魯 나라에 미생尾生이라는 사람이 있었다. 어느 날 다리 아래에서 사랑하는 여인을 만나기로 약속하고 기다렸다. 그러나 그녀는 오지 않고 폭우가 쏟아져 물이 불어나자 다리를 끌어안고 (혹은 옷을 찢어 몸을 묶고) 죽었다. 지금껏 살아오면서 미생을 좋게 보는 사람은 거의 없었다. 모르는 사람이 대부분이고 고사를 말해주면 바보취급을 한다.

장자는 이렇게 말했다.

이런 인간은 제사에 쓰려고 찢어발긴 개나 물에 떠내려가는 돼지, 아니면 쪽박을 들고 빌어먹는 거지와 다를 바 없다. 쓸데없는 명분에 빠져 소중한 목숨을 가벼이 여기는 인간은 진정한 삶의 길을 모르는 놈이다.

미생은 잘못을 저지른 것일까?

그는 목숨을 가볍게 여긴 것이 아니라 약속을 지키려 했을 뿐이다. 죽으려 한 것이 아니다. 온 힘을 다해 약속을 지키려 했을 뿐이다. 물

그저 따뜻한 말 한마디

62

은 턱 밑까지 차오르고, 물살이 거세져 빠져나올 수 없게 된 것뿐이다. 미생은 목숨만큼 약속과 말을 무겁게 여긴 것이다. 죽음의 순간 두려움은 있을지언정 후회는 없었으리라.

그를 본받아 지키지 못할 말은 하지 않는다. 말을 했으면 어떻게든 지킨다. 온 힘을 다한다. 거짓말하는 사람으로 살기보다 미련한 바보로 죽기를 원한다. 실수가 많은 사람이지만 변명보다 진심으로 고개 숙이는 사람으로 살기를 원한다. 거짓말과 변명은 순간의 위험을 비껴갈 수 있게 해주지만 본질적으로 인생을 나은 것으로 만들지 않는다. 오히려 삶을 변화시킬 기회를 박탈한다. 잘못된 것을 고칠 기회를 잃고, 잘못을 사과할 기회를 놓치고, 잘못된 상황을 바로잡을 기회를 스스로 박탈한다.

두려움에서 비롯한 변명과 거짓말이 나를 망쳤다. 하지 않았으면 좋았을 변명과 거짓말 들이 있었다. 이제 와서 어쩔 수 없다. 지나간 일은 말 그대로 지나가버렸다. 남은 생은 옳다고 믿는 것을 지키며 살겠다. 남에게 보이기 위해서가 아니라 스스로에게 부끄럽지 않은 인간이고 싶다. 첫걸음은 거짓말과 변명을 하지 않는 것부터, 마지막 발자국은 약속과 신의를 지키는 것으로 끝날 터이다.

2장
삶을 위한 유언장

살아남기 위해 쓰는 유서

　살면서 유서를 몇 번 썼다.

　가난, 집단 괴롭힘, 불화, 체불임금, 노동착취, 폭력, 사기, 질병, 사고, 상실, 실연 등으로 죽을 만큼 힘들었고 실제로 죽으려 했다. 위태로운 상황에 이른 적도 있다. 어릴 때는 그저 육체적 고통과 배고픔에서 도망치고 싶었다. 그러나 어디에도 도망칠 곳은 없었다. 막연하게 죽고 싶다고 생각했다.

　죽을 생각을 처음 한 곳은 군대였다. 훈련소 생활은 힘들었으나 성취감도 있었고, 동기들과 나름 즐거운 일도 있었다. 하지만 자대배치 후 한 달 만에 구타로 이십 킬로 넘게 살이 빠졌다. 맞지 않으면 불안해서 잠이 안 왔다. 그것이 당연하던 시절이었다. 그중 나를 유난히 괴롭히던 선임이 있었다. 구타보다 육체적 괴롭힘이 힘들었다. 폭염경보에 빨래 건조장에서 머리박기를 시키고 문을 잠근다거나, 잠을 못 자게 하는 것은 약과였다. 그러나 육체적 괴롭힘은 악으로 버틸 수 있었지만 정신적 고통은 버티기 힘들었다. 경계근무 때면 그를 죽이고 나도 죽어버릴까 하는 생각이 머리끝까지 차올랐다. 이를 악물고 버티는 것으로 부족해서 근무를 나갈 때마다 어머니의 편지를 주머니에 넣고 움켜쥐고 걸었다. 그가 제대할 때까지 십팔 개월을 버텨냈다.

말년 휴가 때 조선소에 출근할 날짜까지 정한 채 제대했다. 몸을 쓰는 동안 마음은 힘들지 않았다. 유흥업소에서도 일했다. 악착같이 돈을 모았다. 다시 공부하고 싶은 열망은 어떤 모욕과 유혹에도 흔들리지 않았다. 그러나 생활비를 대며 모은 삼 년 치 등록금은 집의 빚을 갚는데 들어가버렸다. 남은 돈으로 전국을 떠돌았다. 어쩌다 안산에 자리 잡았다. 일 년 동안 열심히 일했다. 그때는 압류절차와 민사소송을 거치고 난 후에도 한 푼도 못 받을지 몰랐다. 고작 스물넷에 지쳐버렸다. 그만두고 싶었다. 그래서 죽기로 했다. 그러나 실패했다. 성공했다면 생에 의미가 될 사람을 만나지 못했을 터이다. 그가 떠난 지금도 다행이라 생각한다. 고통에 몸부림칠 때는 몰랐다. 십 년간 쌓아올린 모든 것이 무너지고, 배신당하고, 실패하고, 실수하고, 부서지던 나날에 다시 죽으려 했다.

스물넷에는 운 좋게 살아남았다. 서른넷의 나는 유서로 남은 것들을 정리할 정도의 의무감은 있었다. 유서를 썼다. 차가운 방안에서 눈물을 흘리며 글을 이어갔다. 무엇은 누구에게, 생명보험금은 그에게 꼭 전해주고, 지금껏 모은 원고들은 불태우라고 유서를 다 썼을 때 눈물은 말라 있었다. 마음은 텅 비었지만 그만큼 후련했다. 몇 년 만에 편안한 잠을 잤다. 다음날 더 이상 두려움은 없었다. 오히려 자유로운 기분이었다. 상황은 그대로지만 아무래도 상관없다. 무엇을 상실했는지 알고 있다. 상황을 명료하게 인식할 수 있다. 그냥 살아가도 괜찮다. 아무것도 없으니 다시 시작할 수 있다. 어제 나의 일부 혹은 전부가 죽었다. 대신 자유로움을 얻었다. 보너스 삶이 주어졌고 보너스를 마음껏 쓰기로 결정했다.

그 후에도 나는 가끔 유서를 쓴다.

죽음을 준비하는 것이 아니라 내일 당장 죽어도 후회 없는 삶을 위해서다. 유서는 과거를 끊어내고, 현재를 정리하며, 미래를 준비하는 자의 몫이다. 글을 읽는 당신 또한 남은 생에 죽음을 고려하는 날이 오면 반드시 유서를 쓰라. 그리고 살아남아 달라. 우리 생은 한번뿐이지만 기회가 한번뿐인 것은 아니다.

자살에 관하여

　토마스 아퀴나스는 자살한 삶은 가혹한 운명을 극복하지 못한 패배자에 불과하다고 했다. 임마누엘 칸트는 고통을 면하기 위해 스스로를 수단화시키는 데 불과하다며 자살을 반대했다. 쇼펜하우어는 삶은 고통스럽지만 자살은 비상구가 아니라고 했다. 흄은 사랑하는 인간이 그 질서를 파괴해도 신은 용납할 것이며, 신은 자살로 불행을 끝내려는 인간을 책망하지 않고, 진실로 비난받아야 마땅한 것은 자살 자체가 아닌 그 개인을 자살로 몰고 간 비겁한 행위라고 했다.

　유교에서는 (주자학이 성행한 뒤) 남편이 죽고 아내가 정절을 위해 자살하면 열녀문을 세웠다. 부모를 위해, 나라를 위해, 명예를 위해 자결하는 것을 고결한 행위로 여겼다. 자결은 신념을 지키기 위한 행동으로 인정받았다. 그리고 오스트리아의 장 아메리. 아우슈비츠의 고문에서 살아남은 그는 저서 『자유죽음 – 삶의 존엄과 자살의 자유에 대하여』에서 자기 자신을 살해한다는 의미의 자살이라는 단어를 자유롭게 죽음을 선택한다는 자유죽음으로 대체할 것을 제안한다. 즉, 자살을 옹호하는 게 아니라 자유를 옹호하는 것이다.

나 역시 자살을 장려하는 것이 아니다. 삶과 마찬가지로 죽음에 관한 선택권도 인간에게 속해야 한다. 삶과 죽음은 분리될 수 없는 양면적 현상이다. 개인이 항거할 수 없는 고통, 치유될 수 없는 질병, 아무런 선택지가 남아 있지 않은 상황에서 삶을 계속할 것인가, 마감할 것인가에 대한 선택권은 본인에게 있다. 아무 선택권이 없는 막다른 곳에서 사람은 죽음을 생각한다. 그 순간에 선택권이 있다고 생각하는 것과 그렇지 않은 것은 극적인 차이다.

죽을 용기로 살면 된다는 헛소리 따위 신경 쓰지 마라.
다만, 남아 있는 선택지가 정말 그것뿐인지 신중하게 생각하라. 틀 안에 있을 때 틀에서 벗어날 방법을 찾기 어렵다. 삶은 우리를 둘러싼 견고한 틀이다. 틀을 벗어나 생각할 기회를 자신에게 주라. 당신은 그럴 자격이 있다. 고통은 덜 수 없지만 이제 당신에겐 최후의 선택만이 남았다. 그러니 서두를 필요 없다. 마음껏 술을 마셔라. 담배를 피워라. 회사를 그만두라. 소리 지르며 춤을 추라. 가족과 이별하라. 타락해도 괜찮다. 방황해도 괜찮다. 어차피 끝인데 무슨 상관인가. 타인에게 해를 끼치지 말라고 않겠다. 당신은 타인에게 해를 끼칠 바에야 가장 소중하며 유일무이한 단 한번뿐인 단 하나뿐인 생명을 포기할 만큼 여린 사람이다. 부드럽고 따뜻한 마음을 가진 사람이다. 신중한 선택을 바랄 뿐이다.

어느 날 술에 취해 '자살'을 검색했다.

당신은 소중한 사람입니다. 당신은 그 존재만으로도 아름답고 가치 있는 사람입니다.

이 말을 보며 오래 울었다.

여전히 그 따뜻한 말은 남아 있다. 당신을 사랑했던 누군가 있다. 당신을 사랑하는 누군가 있다. 누군가 당신을 기다리고 있다. 그들은 온 힘을 다해 당신에게 살아남아 달라고 외치고 있다. 부디 그 소리에 귀 기울여 달라.

이별

눈물에도 색이 있으면 좋겠다. 지금 그녀가 흘리는 눈물의 색을 볼 수 있으면 좋겠다. 아니, 그렇다면 그녀는 울지 않을 것이다. 나는 더 이상 그녀를 믿지 못한다. 믿음이란 노력으로 이루어지지 않는다. 그 자리에 그냥 서 있는 것이다. 나무처럼 그저 서 있는 것이다. 믿음을 지탱하려는 노력은 영원할 수 없다. 결국 무너지게 된다. 믿음이 무너진 자리에는 무엇도 자랄 수 없다. 믿음은 견고하지만 일회용이다. 일생 동안 지속되는 믿음도 결국은 일회용이다.

눈물에 색이 있다면, 지금 그녀의 눈물은 벽돌색일 것이다. 그녀는 울고 있지 않다. 어떤 장애물도 없던 우리 둘 사이에 벽돌을 쌓아올리는 중이다. 우리가 이제 끝났다는 사실을 말하는 대신 벽을 쌓아올리고 있다. 이제 우리 사이에는 어떤 언어도 통과할 수 없다. 무슨 말을 해도 단단한 벽에 막혀 전해지지 않을 것이다. 내가 말할 수 있는 것은 그것뿐이다.

마음이 마음대로 되지 않을 때

상실이나 실패는 뜻대로 되지 않는다. 노력한 만큼 보상받는 삶 같은 건 없다. 원하는 만큼 노력할 수 있지만 결과는 장담할 수 없다. 나역시 실패와 상실을 겪었다. 몸을 가누기 힘든 육체의 고통, 허기진 몸 눕힐 곳도 없던 빈곤, 소중한 이를 잃었던 일. 아마 다들 겪었을 것이다. 그래도 견디며 지금까지 살아남았다.

어쩔 수 없다. 산다는 건 상처를 허락하는 일이다. 죽은 자만이 더이상 고통받지 않는다. 목표는 실패의 원인이고 젊음의 정점에서 퇴화는 시작된다. 사랑에 빠지는 순간 이별의 그림자가 생긴다. 태어나면서부터 필멸의 존재가 된다. 그렇다고 슬퍼할 필요는 없다. 어차피슬퍼해도 소용없다. 꽃이 피는 순간 우리는 꽃이 질 것을 알지만 그래서 꽃은 눈부시다. 인생은 한번뿐이지만 봄이 한번뿐인 것은 아니다.

봄과 여름, 가을과 겨울을 차례로 맞이하듯 희로애락을 생의 일부로받아들여야 한다. 획득과 상실은 분리될 수 없음을 인정해야 한다. 그사실만 명심하면 무너지지 않을 수 있다. 무너져도 버틸 수 있다.

물론 고통은 사라지지 않는다. 아무것도 나아지지 않는다. 시간은 흐르는데 마음이 움직이지 않는다. 문제는 추락 자체가 아니라 다시 올라갈 마음이 들지 않는 것이다. 그럴 때는 마음을 둘러싸고 있는 것을 변화시켜야 한다. 몸을 움직이고, 집을 옮기고, 직장을 옮기고, 사람을 만나는 장소를 바꾸고, 새로운 사람들을 만나야 한다. 새로운 노래를 듣고, 새로운 경험을 하고, 새로운 음식을 먹고, 새로운 술과 차를 마셔야 한다.

일단 집을 옮겼다. 새로운 풍경을 보고, 새로운 출근길을 걷고, 새로운 가구를 샀다. 새로 생긴 카페에서 밀크티를 마시고 강변에 앉아 책을 읽었다. 요리를 다시 시작했다. 하루에 한 번 족욕을 하며 쉬는 시간을 가졌다. 들끓던 마음이 조금씩 가라앉기 시작했다. 몸을 움직였다. 하루에 십 분씩 나가서 뛰었다. 십 분이 이십 분이 되고, 이십 분이 삼십 분이 되었다. 체중은 자연스럽게 줄었고 망가진 생체리듬이 고쳐졌다. 햇빛을 자주 보니 마음의 그늘도 걷히기 시작했다.

그렇게 일 년 정도 지나자 마음은 어느새 생활 속으로 들어와 있었다. 이 년 후에는 다시 마음의 주인이 될 수 있었다. 자랑이 아니다. 몇 년의 시간을 소모해서 고작 출발선에 돌아온 게 전부니까.

삶이 일상을 송두리째 뽑아버리고 소중한 것을 빼앗아가고, 노력했던 모든 것을 가져가버려도, 우리는 지금까지 살아남았다. 아무리 거친 폭풍우도 언젠간 그치듯 고통스러운 순간 또한 지나간다. 언제나 그랬듯 마지막까지 서 있는 쪽은 우리가 될 것이다.

때로 서러운 질문들

변하지 않는 것들에 대해 묻는 사람은 없다. 의심하지 않으면 물을 필요가 없다. 해가 뜨고 지는 것에 대해선 묻지 않는다. 봄에 피는 꽃에게, 가을에 떨어지는 낙엽에게, 우리는 질문하지 않는다.

사랑이 존재할 때 우리는 '사랑해?'라고 묻지 않는다. 그래서 사랑이 끝난 후 '사랑해?'라는 물음에는 항상 울음이 묻어 있다. 피우지도 못 하고 바람에 찢긴 꽃봉오리를 바라보는 처참함에 우리는 고개를 돌려버리고 마는 것이다.

별을 보면 울음이 나는 이유

　우리는 공부할 때 중요한 곳에 밑줄을 긋습니다. 일단 까만색으로 긋고, 좀 더 중요한 데에는 파란색으로 긋습니다. 정말 중요하다 싶은 데에는 빨간색으로 긋습니다. 그리고 반드시 기억해야 하는 곳은 별표를 칩니다. 이미 아는 것에는 별표를 치지 않습니다. 알아야 하는 것들에 우리는 별을 표시합니다. 알고 나면 더 이상 중요하지 않다 여깁니다. 그렇게 희미해집니다.

　사랑 또한 마찬가지입니다. 서로를 모를 때는 중요하게 여기다가 서로를 알아가며 처음 마음은 희미해집니다. 그렇게 모든 사랑이 끝납니다. 시험 때 별표를 쳐가며 공부했던 것을 지금은 기억하지 못하듯 우리는 사랑이 끝난 후 그 사람에 대해 아무것도 알 수 없게 됩니다. 그는 다른 누군가가 되어버립니다. 그래서 미처 알고 싶은 마음이 남은 사람들은 밤하늘에 떠 있는 별을 바라볼 때마다 괜히 눈물을 흘리고는 합니다.

새

새는 자유롭기 위해 날지 않는다. 새가 날개를 펴는 것은 살기 위해서다. 먹이를 찾기 위해 그날 밤 잠들 곳을 찾기 위해 날아오른다. 하늘을 나는 새를 보고 자유롭다 느끼는 사람은 생존을 위한 사랑을 해본 적 없는 사람이다. 살기 위해 사랑했던 사람은 날아오르는 새를 볼 때마다 눈물을 참기 위해 애써야 한다.

창문을 바라보는 일

　창문에서 바깥을 바라보는 일은 때로 쓸쓸하지만, 바깥에서 창문 안을 들여다보는 일은 한번도 쓸쓸하지 않은 적이 없다. 창문 바깥을 바라보는 일은 때로 동경 때문이지만, 창문 안쪽을 들여다보는 일은 항상 결핍 때문이다.

　결국 이루지 못한 단란한 가정, 잃어버린 신뢰, 참기 힘든 허기, 두 번 다시 마주할 수 없는 사람의 집 앞을 서성이는 일. 갖지 못한 것들에 대한 한없는 욕망. 갈증으로 물을 마시려면 물이 마르고, 배가 고파 과일을 따 먹으려면 가지가 멀어지는 저주 받은 탄탈로스처럼 영원히 굶주림과 갈증으로 고통받으며 살아가는 일이다.

　창문 주위를 서성이는 일을 끝내기로 했을 때, 딱히 특별한 목적지를 갖고 있지 않았다. 창문에서 멀어지는 것, 그곳에서 떠나는 것이 유일한 목적이었다. 모든 것이 끝난 이후로 잘못된 선택만을 거듭하던 중 오랜만에 옳은 선택이었다. 인생은 때로 무엇을 하는가 보다 무엇을 하지 않는가가 중요하다.

활자活字로 세상을 이해하는 자

고대 이집트에서 파피루스에 글자를 적고 고대 중국에서 대나무에 글을 남긴 이래로 활자가 개발될 때까지, 글을 아는 사람들은 소수의 특권층이었다.

한반도에서는 팔세기 초 목판활자인 무구정광 대다라니경이 인쇄되고, 고려 우왕 1377년 현존 최고의 금속활자 직지심체요절이 만들어진 후에도, 심지어 세종대왕이 1443년 훈민정음을 창제한 후조차 글자는 백성이 아닌 권력자의 것이었다.

글자는 지식이었고 지식은 곧 힘이었다.

사람들을 거치면서 와전되는 말과 달리 활자는 객관적 사실로 남는다. 활자는 지식과 사상의 확산에도 기여했지만 사람들에게 지식과 사상의 평등을 제공했다. 활자는 만인에게 공평하다. 지식을 얻을 기회를 폭넓게 제공한다. 즉, 누구나 세상의 이치, 종교적 해석, 과학적 지식, 문학과 역사를 알 수 있는 권리를 가질 수 있게 된다.

어떤 사람들은 음악을 통해 세상을 이해하고, 어떤 사람은 그림을 통해 세상을 이해한다. 기술은 발전하고 매체는 늘어나지만 아직도 활자를 통해서만 세상을 이해하는 사람들이 존재한다.

　나는 몸으로 배우거나 활자를 통해 배우는 이외의 방법으로는 세상을 이해하지 못한다. 직접 몸으로 배우는 것은 확실하지만 범위가 한정적이다. 그러나 활자에는 한계가 없다. 좁은 방 안에서 우주를 보고, 평생 가볼 일 없는 먼 대륙으로 떠나고, 수백 년 전 왕실의 내궁까지 들여다볼 수 있다. 상상할 수 있는 모든 것이 활자 안에 있다. 지금껏 인류가 상상해온 모든 것이 활자 안에 있다.

　활자는 나를 살아있게 한다. 끊임없이 세상을 배우게 돕고 사람들의 이야기를 들려준다. 마음을 전한다. 활자를 통해 나는 비로소 활자活者, 살아 있는 자가 된다.

라면? 국수!

　멸치와 무, 파를 넣어 육수를 끓인다. 고춧가루와 깨, 참기름, 간장을 섞어 양념장을 만든다. 육수를 식히는 동안 면을 끓여 차가운 물에 헹군다. 물기를 털고 구운 김을 뿌리고 양념장을 넣어 먹는다.

　국수를 준비하는 시간은 한참이지만 먹는 시간은 고작 몇 분. 라면과 다를 게 없다. 라면은 물을 끓이고 먹는 데까지 몇 분이면 충분하다. 맛도 크게 차이나지 않는다. 한 끼를 먹기 위해 많은 시간을 투자하는 건 비효율적인 행위인지 모른다. 퇴근해서 집에 오면 그대로 쓰러져 잠드는 현대인에게 밥을 지어 먹는다는 건 사치인지도 모른다.

　타지에서 혼자 산 지 십 년이 넘었다. 몇 년간 편의점 음식으로 끼니를 '때우기' 위해 먹었다. 일하기 위해 차에 기름을 넣듯 배를 채웠다. 살기 위해 먹었다. 주로 라면이나 인스턴트 음식, 스낵 따위를 한 번에 몇 만원씩 사다놓고 먹었다. 커다란 봉지를 몇 개나 들고 돌아오는데 봉지는 가벼웠다. 삶은 가볍고 가벼웠다.

　이사를 한 후, 음식을 만들어 먹기 시작했다. 마트에 가서 장을 봤다. 채소와 과일, 생선과 고기를 사서 돌아오는 길. 같은 가격임에도 얼마나 무거운지. 삶은 그 무게만큼 중심을 잡고 단단해졌다.

편의점에서 사오는 먹거리들이 '편의적 생존'을 위한 것이라면, 마트와 시장에서 사오는 재료들은 '제대로 된 생활'을 위한 것이다. 제대로 살기 위해서는 번거로움을 감수해야 한다.

먹고살기 바쁜 세상이라고 한다. 그 문장에 세뇌되어 산다. 생활을 박탈당한 채 생존을 위해 산다. 정말 그럴까? 정말 그럴 수밖에 없는 걸까? 자신을 위해 일 주일에 한 번이나마 음식을 만들 수 없는 걸까? 스스로를 위해 재료를 고르고, 손질하고, 밥을 하고, 찌개를 끓이고, 생선을 굽는 비효율적 행위를 통해 자신을 아껴주는 훈련을 해야 한다.

오늘도 나는 나를 위해 요리한다. '나를 위해' 사는 훈련을 지속한다.

독신자의 삶

며칠 전 다친 발이 덧나 심하게 앓았다. 어두운 방에 혼자 있었다. 외로운 삶이다. 앞으로도 외롭게 살다 끝날 삶인지 모른다. 그러나 누구의 인생에도 가장 멋진 날은 있다. 인생에 비로소 의미를 부여하는 순간이 있게 마련이다. 내게도 그런 날이 분명 있었다.

십사 년이 지났지만 그 순간은 풍경으로 가슴속에서 따뜻하다. 풍경은 결코 소멸하지 않는다. 한 사람을 만나고 일 년 후였다. 해 질 무렵, 대로변 한쪽 신호등 저편에서 그녀가 걸어온다. 까만색 코트 위로 하얀 얼굴이 떠올라 빛난다. 나는 여느 때처럼 당신을 기다리고 있다. 갑자기 눈물이 흐른다. 당신은 발을 동동거리며 신호가 바뀌기를 기다리다 뛰어와 나를 안는다. 당신은 이유를 묻는다. 지독했던 과거를 (다시 그것을 겪으니 죽겠다던 과거) 겪어 당신이 신호등 저편에서 내게 웃으며 손을 흔드는 순간을 맞을 수 있다면, 혹독했던 시간들을 다시 겪고 말 나를 느껴서 울었다. 그렇게 답했다. 당신도 눈물을 터뜨리고, 우리는 안은 채 한참 울었다. 우리는 사랑했다. 그리고 이별했다. 이별

후 몇 년이 흘렀다. 여전히 그 생각은 변함없다. '당신의 눈빛이 나를 비추고 있던 그날' 하루면 충분하다. 당신을 만나기까지의 고난을 모두 겪어 그날을 맞을 수 있다면, 당신이 결국 떠나고 '독신자의 삶'을 살아야 한다는 걸 알지만 나는 '그날의 당신'을 안을 것이다. 내 일생에 하나의 순간이 있다면 오직 그날뿐이다. 그날 삶은 분명한 의미를 가진 무언가가 되었다.

사람에게는 그런 날이 온다. 살아가는 방식도, 살아가는 자리도 다르지만 모두에게 그런 순간이 온다. 그런 순간이 오지 않았다고 슬퍼할 필요는 없다. 당신에게 그런 순간이 아직 남아 있다는 건 축복이다. 그 순간이 있었다는 것 역시 축복이다. 그 순간이 지나간 자리를 보며 절망하는 날들이 이어진다 해도, 언젠가 그 순간이 축복이었음을 깨닫는 날이 온다. 그리고 그 순간이 한번뿐이라고 어느 누구도 정해두지 않았다. 가능성은 줄어들 수 있지만 결코 제로는 되지 않는다.

어떤 방식으로 찾아오는지, 어디에서 우리를 기다리고 있는지 짐작할 수 없다. 다만 그 때문에 삶이 의미 있는 것으로 변하는 사실만은 알고 있다.

낙엽, 한 시절의 끝을 대하는 방법

푸르던 잎이 붉게 물들고 낙엽이 쌓일 무렵이면 색이 고운 단풍 몇 개를 주워 책 사이에 포개둔다. 올해도 어김없이 세월은 내 앞에 가을을 데려다 놓았다. '어김없이'라는 말은 얼마나 사람을 안심시키는가. 세상에 무슨 일이 일어났는지, 개인이 무슨 일을 겪었는지, 아랑곳하지 않고 세월은 자신의 일을 하고 있다. 앞으로도 묵묵히 자신의 일을 할 것이다. 길에서 벗어나 있어도 언제든 돌아갈 수 있다 생각하면 안심이 된다.

세찬 바람이 불 때마다 나무는 눈물을 쏟듯 낙엽을 떨어뜨린다. 벤치에 앉아 그 모습을 바라본다. 한 개의 나이테를 더하는 나무 아래 휘날리는 낙엽들. 한 시절의 끝을 의연하게 받아들이고 겨울을 준비하는 나무들.

당신을 보내는 것 또한 마땅히 그러해야 하리라. 오래전 당신의 웃음에 피어난 마음이 십 년을 자라 당신을 안을 울창한 숲이 되었다. 잎이 떨어지던 순간 — 당신이 떠난 그날 이후로 오랫동안 낙엽처럼 휘날렸다. 우리 사랑의 끝도 저 낙엽과 같아야 하리라. 당신의 이름을 닮은 노란 은행잎 하나와 당신 웃음처럼 수줍은 단풍 하나를 생의 페이지에 포개둔 채, 이제 이곳을 떠나야 한다. 그럴 일이 없기를 바라지만 언젠가 당신의 생에도 어둠을 헤맬 때가 온다면 겨우내 내가 쌓아둔 낙엽들 위로 눈부신 봄이 피어나 당신을 쉬게 할 수 있기를.

내가 아는 세 가지

여유로움은 넉넉한 시간을 가진 사람이 아니라, 마음을 지키는 사람의 것입니다.

꿈은 가슴에 품는 것으로 끝이 아니라, 두 손을 움직여야 시작됩니다.

행복은 쫓아갈 필요 없이 머물 수 있는 자리를 비워두는 것으로 충분합니다.

지금까지 내가 배운 세 가지입니다.

앞으로 해야 할 일의 전부입니다.

내일의 얼굴

　누구도 내일의 얼굴을 볼 수는 없어. 자정이 지나면 그저 오늘이야. 그래 내일의 얼굴은 대면하는 것이 아니라 상상하는 거야. 하지만 이 것 하나는 기억해. 대부분의 사람은 막연하게 웃고 있는 내일의 얼굴을 상상할 뿐이지만, 꿈을 꾸는 사람들은 오늘부터 웃는 연습을 한다는 것을. 오늘 걷지 않으면 내일 뛰어야 한다는 소리는 집어치우라 그래. 하지만 오늘 웃을 수 없다면 내일 같은 건 필요 없어.

의식의 흐름

의식은 인지할 수 있는 범위 내에 있고 무의식은 깊은 심연 속에 있습니다. 쉽게 말하면 의식은 실개천이나 개여울, 작은 도랑이나 시냇물 같은 것이며, 무의식은 빛이 들어오지 않는 깊은 바다입니다.

무의식의 세계 안에 무엇이 있는지 짐작조차 힘듭니다. 개인의 무의식은 연결되어 있다고 생각합니다. 어떤 방식으로 작동하는지 알지 못하지만 막연하게 그렇게 느끼고 있습니다. 꿈, 직관, 인연, 예지 같은 것들이 발현되는 이유가 그 때문이라 생각합니다. 우리가 할 수 있는 것은 의식의 영역에서 무의식의 영역으로 흘러내려가는 것들을 통제하는 일입니다.

의식으로 돌아와 볼까요. 의식은 세계를 투영합니다. 때로는 그대로 혹은 자아를 통해 여과한 정보와 기억 들이 의식의 흐름을 따라 흐릅니다. 그것들이 바다로 흘러들어가듯 무의식으로 흘러들어갑니다. 감정이 소용돌이쳐서 흙탕물이 되는 것은 자연스러운 일입니다. 태풍이 몰아치고 난 뒤의 바다가 깨끗해져서 적조가 사라지듯 말입니다.

물의 본질은 흐름입니다. 고여 있는 것이 오히려 위험합니다. 이스라엘 어딘가에 있다는 사해처럼 받아들이기만 하고 배출하지 않으면 죽음의 바다가 됩니다. 우리 의식을 계속 흐를 수 있도록 허락해야 합니다. 억지로 퍼내라는 말이 아닙니다. 억지로 막지 말라는 말입니다. 새로운 것들을 보고 느끼고 자연스러운 감정과 생각을 흐르게 허락해야 합니다.

가족 식사

가족과 함께 따뜻한 밥을 나누어 먹는 일. 뜨거운 찌개에 숟가락을 함께 넣는 일. 큼지막한 생선살이나 부드러운 고기 부분을 서로의 밥그릇에 덜어주는 일. 밥공기 뚜껑을 덮어 아랫목에 넣어두는 일. 배달비를 아끼려 미리 전화를 하고 찾아가 먹었던 잉꼬 양념통닭. 네 식구가 먹기엔 양이 조금 부족해서 알루미늄 호일에 밥을 넣어 밥주걱으로 비벼 먹었던 기억. 갯벌에서 캔 바지락과 들판에서 캔 쑥에 된장을 풀어 끓여 먹던 기억. 신문지를 깔고 버너에 삼겹살을 구워 먹던 기억. 고기가 부족한 날이면 상추에 쌈장을 넣어 구워 먹던 기억. 세 들어 살던 옥상 위로 밥상을 들고 올라가 평상 위에서 밥을 먹던 기억. 기억은 저편에 있고, 다시 돌아갈 수 없다. 그러나 그 모든 기억은 내 안에 남아 있다.

일인용 침대

일인용 침대는 사이즈를 구분하는 것이 아니다. 궁궐 같은 집에 축구장만한 침실이 있고, 농구코트만한 침대가 있어도 함께 몸을 누울 사람이 없다면 그것은 일인용 침대다. 좁은 기차침대 위에 함께 누워도 그것은 일인용 침대가 아니라 이인용 추억이 된다.

일인용 침대는 불행은 아니지만 외로움이다. 내게도 일인용 침대가 있다. 아니 '이제는' 일인용이 되어버린 침대가 하나 있다. 원래는 일인용이 아니었지만 그렇게 되어버렸다. 뭐 어쩔 수 없는 일이다.

현대인이 태어나서 처음 눕는 침대는 일인용이다. 인식표를 맨 채 다른 신생아들과 함께 울고 먹고 잔다. 보살핌과 사랑을 받기에 엄밀한 의미로 일인용이라 하기 애매하지만 어쨌든 일인용이다. 그리고 대부분의 시간을 일인용 침대에서 산다. 누군가와 함께 침대에 눕는 것 자체가 어쩌면 기적이다. 누군가 침대 위에 머물렀다 떠나간다. 그리고 혼자 침대에 누워 세상을 떠나야 한다. 그것이 인생이라면 익숙해져야 한다.

오늘도 일인용 침대에 누워 밤을 헤아린다. 아득하다.

층간소음, 외로움과 대면하다

　시집의 내지 시안이 나와 일을 마친 후 새벽까지 수정을 했다. 수정을 마치고 나니 쌀쌀한 날씨에도 온몸에 땀이 배어 있다. 누군가와 한잔하며 축하를 하고 싶었으나 결국 혼자였다.

　책을 읽으며 야참을 먹고 있는데 누군가 문을 두드린다. 누구십니까? 아래층입니다! 문을 열어 무슨 일인지 물으니 시끄럽단다. 어이가 없어 안으로 들어와보라고 한다. 쭈뼛쭈뼛 들어와 집을 둘러보고 이상하네? 자꾸 쿵쿵 울렸는데? 그런 소리 못 들으셨어요? 아무 소리 못 들었고, 아무도 없고, 아무 일도 없다 했다. 남자는 사과했다. 문이 쿵 닫히는 순간, 쓸쓸해졌다. 아무도 없는 조용한 집에 외로움만 가득했다.

　즐거운 일은 아니지만 외로움에 익숙해진다. 사람은 누구와 함께 있건 어디에 있건 외로움을 느끼는 동물이다. 결국 우리는 외로움과 더불어 사는 방법을 배워야 한다. 외로움을 인정하는 일부터 시작이다. 외로움을 외면하지 않고, 곡해하지 않고, 도망치지 않고, 부정하지 않는 것. 외로움을 있는 그대로 받아들여야 한다. 납득하고 나면 묘하게 마음이 편해진다. 기쁜 일은 아니지만 견딜 수 없이 나쁜 일도 아니다. 오히려 홀가분하다. 외로움이 자라날 때 위스키 한 잔 따라 천천히 마시며 밤의 공기를 바라본다. 외로움이 밀려와 가득 찰 때면 이따금 눈물이 흐르지만 부끄러워할 필요는 없다. 지금의 나를 인정한다. 계속 머무르지 않을 걸 안다. 외로움이 항상 나를 집어삼키는 건 아니다. 마음 안에서 일어나는 감정은 계절이나 날씨 같은 것이다. 흐린 날이 있으면 맑은 날이 있고, 바람 부는 날이 있으면 비가 오는 날도 있다. 겨울이 가면 봄이 오고, 봄이 지나가면 여름이 오는 것처럼 자연스러운 일이다.

외로울 때면 '혼잣말' 대신 '혼잣글'을 쓴다. 누구에게도 닿지 못한 채 바람처럼 사라질 말 대신 글을 썼다. 말은 생각보다 명확하고 글은 말보다 명료하다.

결혼, 비혼

　오후 네 시, 친구가 상기된 목소리로 전화를 걸어왔다. 어제 프러포즈를 했고 승낙 받았다는 기쁜 소식. 친구의 기쁨은 오롯이 나의 기쁨이었다. 확실히 결혼할 인연은 따로 있는가 보다.

　구십 년대까지만 해도 결혼은 필수였는데 요즘은 결혼도 선택이다. 혼자의 삶을 즐기겠다는 비혼족도 늘고 있다. 경제적인 이유로 결혼 못하는 사람들도 있다. 다시 혼자가 된 사람들도 있다. 이런저런 이유로 일인가구는 계속 늘고 있다.

　나 역시 혼자 산다. 예전 같았으면 노총각 소리 들었을 나이다. 그러나 결혼을 위해 누군가를 만나고 싶진 않다. 확신할 수 있는 누군가를 만나면 결혼할 것이다. 혼자 홀가분하게 사는 것과 누군가와 온기를 나누며 사는 것, 정답은 없다. 장단점이 있을 뿐이다. 누이는 칠 년 전 결혼해 딸과 아들을 키운다. 누이는 가끔 혼자인 시간이 필요하다고 하고, 나는 가끔 혼자이고 싶지 않다. 누이는 가끔 다녀오겠습니다, 하고 떠나고 싶을 때가 있고, 나는 가끔 다녀왔습니다, 라고 말하고 싶을

그
저
따
뜻
한
말
한
마
디

때가 있다.

　어쨌건 선택의 결과인 '지금'과 잘 지내는 수밖에 없다. 혼자인 지금이야말로 지금껏 내버려뒀던 '나'를 아낄 수 있는 시간이다.

　혼자가 되는 건 어쩔 수 없지만 혼자서도 잘 사는 건 할 수 있는 일이다. 지금껏 가족을 위해, 연인을 위해, 회사를 위해 살아온 인생을 바꿀 수 있다. 지금이 나를 사랑할 시간이다.

그리운 월급봉투

예전에는 월급통장이 없었다. 인력센터에서는 매일 현금으로 받았고 공장에 다닐 때는 월급날마다 사장이 수고했다는 말과 함께 월급봉투에 현금을 넣어 주었다

월급날이면 어머니께 다른 데 들리지 말고 바로 오라는 전화가 왔다. 나이 든 십장이나 갓 보조 노릇을 시작한 막내나 금액 차이는 있었지만 모두들 두툼한 봉투를 받았다. 땀 흘린 노동에 대한 대가를 손에 쥘 때의 쾌감이 있었다. 노동하는 자는 노동의 대가를 손으로 만질 수 있는 권리가 있었다.

지금은 매달 두 번 본봉과 수당이 통장에 찍힌다. 일의 대가라기보다 숫자의 나열에 불과하다. 월급은 숫자로 기록되었다 숫자로 빠져나간다. 방세, 관리비, 가스비, 카드비, 휴대폰요금, 전기세로 빠져나간다. 숫자의 나열 안에 돈을 버는 자의 자부심은 더 이상 없다. 사람들은 숫자의 노예가 되어 숫자에 집착하고 평균의 함정에 빠진다. 사람들을 숫자 순서대로 줄 세우게 되었다.

일 년에 한 달 만이라도 월급봉투를 부활시켜 자신의 노동을 폄하당하는 이들이 그날 하루만이라도 어깨를 펴고 거리를 걸었으면 좋겠다. 가족이 있는 사람은 당당하게 현관을 열고 혼자인 사람도 그날은 자신을 위해 펑펑 돈을 썼으면 좋겠다.

부디 패배자를 양산하는 숫자싸움 대신 스스로의 노동에 자부심을 갖고 당당히 살아가기를. 인생은 결코 숫자로 표현될 수 없는 특별한 것이다.

연중무휴라고 불리는 비인간적인 행위

초등학교와 중학교에서 개근상을 받았다. 몸이 아픈 날이나 태풍으로 온 동네가 물에 잠긴 날에도 학교를 가는 건 당연했다. 아무 의심도 하지 않았다. 아무런 목적도 없었다. 학생은 학교를 가는 게 의무라고 믿었다.

고등학교 무렵 조금 일탈을 했다. 잠깐 가출한 게 전부였지만, 그래도 아무 소용도 없는 개근상은 받지 않았다. 일을 시작하고 나서는 계속 일만 하며 살았다. 하루 빠지면 큰일이라도 나는 것처럼 살았다. 결혼을 생각하니 증상은 심해졌다. 책임병에 걸렸다. 사랑하는 사람에 대한 책임감과 경제적 안정이 삶의 우선순위가 되었다. 일하고 또 일했다. 오로지 일만 하며 살았다. '연중무휴의 삶'은 어느새 습관을 넘어서 고질병이 되었고, 고질병을 넘어 숙명이 되었다.

아무 목적도 없이 그저 일만 하며 살았다. 노동은 자아를 실현하기 위한 수단도 삶을 풍족하게 하는 도구도 되지 못했다. 그저 노동 자체를 목적으로 한 삶이었다. 나의 인생에서 노동이란 칼로 가차 없이 스스로를 잘라냈다. 그것이 얼마나 자신에게 잔인한 짓인지 깨닫는 데 인생의 반을 소모했다.

나를 위한 시간을 가지고 싶다. 처음에는 쉽지 않았다. 쉬는 것도 해본 사람이 잘한다. 작은 것부터 시작했다. 몇 분이라도 가만히 앉아 있기 위해 족욕기를 샀다. 십 분이나마 편히 누워 있기 위해 마스크 팩을 했다. 하루에 몇 분이나마 의미 없는 시간을 보내기 위해 애썼다. 책을 읽기 싫으면 덮었다. 아프면 쉬었다. 내가 아니면 안 된다는 생각을 매일 조금씩 버렸다.

올해 한가위에 십일 년 만에 가족들과 함께했다. 고향으로 내려가 운동하고, 마시고, 먹고, 잠만 잤다. 이것이 전환점이다. 열심히 일하는 것은 미덕이지만 일이 생의 목적이 되는 것은 악덕 중의 악덕이다. 나는 일하기 위해 태어난 것이 아니다. 원했던 일도 아니었다. 먹고살기 위한 수단이 어느새 목적인 척 나를 소외시키고 있었다. 물론 일로 돈을 벌었고, 돈으로 밥을 먹고살았다. 그러나 밥을 먹는 것이 인생의 목적은 아니다.

성실함은 덕목이지만 노력을 어디로 향할지 스스로 정하지 않으면 의미가 없다. 남들이 옳다고 한 길 말고도 무수히 많은 길이 있다. 자신 안의 목소리에 귀 기울여야 한다. 생이 끝나는 날 후회하지 않을 선택을 해야 한다. 오랫동안 꿈을 미루기만 했다. 꿈을 포기하지 않았다. 기만하며 살았다. 연중무휴로 일하면서 하루도 나를 위해 살지 않았다. 꿈을 위해 살지 못했다. 기회는 있었다. 글을 쓰기 위해 온전한 하루가 필요하다고 변명하며 스스로 한계를 만들었다.

'용기를 내어 생각한 대로 살지 못하고 사는 대로 생각하며' 지금껏 살았다. 내게 얼마나 시간이 남았는지 모른다. 더 늦기 전에 진정 원하는 것을 위해 시간을 써야 한다. 매일 글을 쓰는 것이 지금 내가 하고 싶은 일이다.

'그 사람은 따뜻한 사랑을 하는 사람이었어'가 생을 평가하는 한마디가 될 수 없다면 '그 사람은 따뜻한 글을 쓰는 사람이었어'라는 말은 들어야겠다. 그래서 오늘도 보잘것없는 글을 쓴다. 누구도 변화시키지 못할 보잘것없는 글이지만 분명 내 삶은 변하고 있다.

눈물

눈물 많은 삶이었다. 많은 것이 나를 울게 했다. 사랑이 나를 울리고 이별이 나를 울렸다. 세상이 나를 울렸고 증오가 나를 울렸다. 분노의 눈물을 흘렸다. 눈물이 흘러 넘쳐 여기까지 떠내려 왔다. 더 이상 흘릴 눈물이 남아 있지 않다고 느꼈을 때, 비로소 나는 깨달았다. 그 무엇도 나를 울릴 수 없게 되었을 때, 나는 살아 있지 않은 것이라는 것을. 눈물로 증명되는 삶도 이 세상엔 분명 존재한다는 것을. 남은 생에는 기쁨의 눈물만 남아 있다는 것을.

그날 밤

나는 행복했다

그날 내게 행복했냐고 묻는다면 더할 나위 없을 만큼, 이라고.
지금도 웃으며 추억할 수 있냐고 묻는다면 물론, 이라고.
그녀는 떠났고, 나는 혼자 나이를 먹지만, 그날 밤은 나를 떠나지 않
았다고 대답하겠습니다.

목적지에 도착하기 직전의 정거장

본가인 통영에 갈 때마다, 도착직전 마지막 휴게소를 볼 때마다 왠지 가슴 한쪽이 뭉근해진다. 지난 수십 년간 한번도 들른 적 없는 그곳에 머무는 이들은 어떤 사람들일까. 목적지가 바로 앞인데 저곳에서 차를 세우는 이유는 뭘까, 궁금해진다. 그 휴게소에도 차 몇 대쯤은 항상 있다. 목적지에 도착하기 전 마지막 휴게소, 출발하고 난 후 첫 번째 휴게소에 들르는 사람들에겐 어떤 사연이 있을지 궁금하다.

갑자기 배탈이 났을까? 이른 아침부터 부부싸움을 하고 나와 배를 채우러 들른 걸까? 주유를 깜빡해서 경고음을 듣고 기름을 넣으러 들린 걸까? 인연을 끊고 살던 부모님과 만나기 전 심호흡을 하기 위해 들른 걸까? 내가 한번도 가보지 못한 길 위로 차들은 쌩쌩 달리고, 내가 한번도 만나지 못한 사람들도 때가 되면 밥을 먹고, 밤이 되면 잠을 자는 것처럼 그 휴게소 안에도 내가 모르는 삶이 있고 한번도 살아보지 못한 인생이 있을 터이다. 언젠가 그 휴게소에 들러야겠다. 무언가가 시작되는 점과 끝나는 점 사이에 우리의 인생이 있듯 그곳에도 내가 알아야만 할 무언가 있을지 모른다.

그 많던 이발소는 어디로 갔을까

매달 초, 미용실에서 머리를 자른다. 다닌 지 육 년쯤 된다. 원장은 그대로인데 미용실 이름은 두 번 바뀌었다. 들어가면 늘 찾으시는 분이 있는지 물어본다. 아무나 상관없다고 말한다. 커트하실 거냐고 물어본다. 그렇다고 말한다. 어떻게 해드릴까요, 묻는다. 한 달에 한 번씩 옵니다. 대답한다. 그러면 알아서 잘라준다. 지저분해진 머리가 반듯하게 정돈되는 모습을 지켜보는 건 소소한 기쁨이다. 한 달 동안 쌓인 피로를 털어내는 일이다. 능숙한 손놀림으로 머리를 감겨준다.

어느 순간 세상에서 이발소가 사라졌다. 이발소는 남자들이 가는 장소였다. 미용실이 여자들의 장소인 것처럼. 엄마가 이발비를 주면 이발소로 가서 나란히 앉아 머리 자를 순서를 기다렸다. 늘 수십 권의 만화책이 쌓여 있고 스포츠신문이 있었다. 요구르트에 빨대를 꽂아 기다리는 아이들에게 나누어주는 아주머니가 한 분 계셨다. 머리는 둘 중 하나였다. 긴 스포츠거나 짧은 스포츠. 나는 늘 짧은 스포츠였다. 머리스타일에 아무런 의심도 없었고 그리 중요한 일도 아니었

다. 이발소에 가면 늘 끓고 있던 비누거품, 그곳에서 담갔다가 꺼낸 솔
— 세상에서 그보다 부드러운 건 없다.

이발사 아저씨는 늘 소주를 마셔 코가 빨갰고 아주머니는 면도가
서툴렀다. 면도를 해줄 때마다 목이나 볼이 조금씩 베였다. 상처가 나
면 독한 스킨으로 소독을 해주고 이발비를 깎아주었다. 이발소에 가
면 머리를 숙이고 비누로 머리를 감았다. 그 시절에도 어떤 녀석들은
미용실을 다녔다. 멋을 부리기 위해서인 녀석도 있었고, 그냥 가까우
니 가는 녀석들도 있었다.

나는 끝까지 이발소를 다녔다. 다니던 이발소가 없어져 버렸을 때,
이제 머리는 어디에서 잘라야 할지 막막했다. 파마를 하고 있는 아주
머니와 젊거나 나이든 여자들로 가득 찬 세계에 발을 들여놓기가 어
색해서 바깥에서 한참을 서성거리다 사람들이 모두 나가기를 기다렸
다. 그러나 미용실에 들어가는 여자들은 있어도 도대체 나오지를 않
았다. 동네 몇 군데의 미용실 주위를 서성거리다가 가장 허름하고 작
은 미용실에 들어갔다. 어떻게 머리를 자르고 나왔다. 이발사들은 미
용사가 되었을까? 가끔 궁금할 때가 있다. 꼭 일어나야만 하는 일이었
을까.

제대로 된 가정은 없다

상담을 자주 해준다. 대부분 가족에 관한 일이다. 상담을 하면서 배운 것은 대한민국에 제대로 된 가정은 없다는 사실이다. 알코올중독인 부모, 부모가 직업이 없거나, 육체적으로 학대 받거나, 부모가 이혼했거나, 경제적으로 빈곤하거나 하는 식이다. 어느 한 사람만 특별히 비참하게 자란 것이 아니다. 완벽한 가정은 환상이다. 완벽해 보이는 가정도 문제가 없는 것이 아니라 문제를 해결하기 위해 노력하는 중일뿐이다.

아버지를 원망했다. 어릴 때부터 일하고, 또래들보다 고생하며 자랐음에도 빚 때문에 결국 대학을 마치지 못한 것을 원망했다. 세월이 지나고 아버지 역시 하고 싶은 것이 많던 남자였음을, 세상일은 자신의 뜻대로 흘러가는 경우보다 그렇지 않은 경우가 압도적으로 많다는 것을, 이제는 안다. 몸이 으스러질 때까지 일하고, 으스러지고도 일해서 나와 동생을 먹였음을 안다. 어머니는 새벽마다 공장으로 갔다. 통근버스가 오기 전 아침을 차렸다. 학창시절 동안 도시락 한번 거른 적 없다. 가벼운 주머니로 어떻게든 상을 채우기 위해 끼니마다 고민하셨음을, 이제는 안다. 그들이 바란 것은 오로지 우리의 행복이었음을, 이제는 안다.

불행의 가족사는 누구나 있다. 각자의 이야기가 존재한다. 원하는 부모를 선택할 수 없었지만 부모 역시 마찬가지다. 그것이 비극이건 희극이건 우리만의 특별한 이야기가 있다. 이야기는 우리를 특별하게 만든다. 이야기에서 무엇을 얻을 것인가. 인류가 역사에서 교훈을 얻듯 우리의 가족사를 통해 더 나은 길을 찾아낼 수 있다. 길을 찾을 욕망을 얻을 수 있다. 과거에 매몰되어 현재와 미래까지 망칠 필요는 없다. 좀 더 나은 오늘과 내일을 만드는 데 집중해야 한다.

부모 탓, 과거 탓, 세상 탓, 남 탓 하는 동안 삶의 주인은 부모가, 과거가, 세상이, 남이 될 것이다. 인생의 주인은 우리여야 한다. 마음의 주인 역시 우리여야 한다. 당신도 할 수 있다.

아니, 당신만 할 수 있다.

불협화음을 위하여

삼차 산업혁명의 재생에너지도 이해 못 하는데 사람들은 사차 산업
혁명과 인공지능에 대해 이야기한다. 매일 새로운 기술과 복잡한 기
계가 세상에 나온다. 사람들의 행렬을 겨우 따라 가는데 내가 알지 못
하는 곳에서 시대가 변한다. 변화가 너무 빨라 불안하다. 불안함 속에
서 소외감이 자라난다.

소외감을 느끼지 않아도 괜찮다. 어차피 모두 소외되어 있다. 당신
이 그렇듯 나도 그렇다. 불안해하지 않아도 괜찮다. 지구와 달은 자전
과 공전을 기막히게 해내고 있다. 당장 세상이 끝장날 일도 없다.

세상은 변하지만 세상을 이루는 것은 여전히 사람이다. 그것은 변
하지 않았다. 생존을 위해 사용하는 도구는 수없이 변했지만, 여전히
사람은 땅에서 기른 것을 먹고 바다에서 건진 것을 먹는다. 기르고 건
진 것을 먹기 위해 일한다. 잠자고, 책 읽고, 웃고, 울고, 떠든다. 살기
위해 필요한 것은 기술보다 사랑이다. 사람은 살기 위해 사랑을 필요
로 한다. 그렇게 살아가고 삶은 이어진다.

그러니 세상이 시끄럽다고 같이 떠들 필요 없다. 남들이 뛴다고 따라서 뛸 필요 없다. 뛰고 싶으면 뛰고, 걷고 싶으면 걸어도 된다. 멈추고 싶으면 멈춰도 된다. 서두른다고 삶이 늘어나지 않는다. 천천히 걷는다고 삶이 의미를 잃지도 않는다. 당신이 잠시 멈춘다고 지구가 멈추지도 않는다. 세상의 운명을 책임질 필요 없다. 스스로의 삶에 책임지는 것만으로 해야 할 일은 충분히 하고 있다.

그저 자신의 삶을 살면 된다. 자신의 리듬으로 살면 된다. 스스로 판단하면 된다. 우리에게 필요한 것은 남들보다 빨리 달릴 수 있는 힘이 아니라 어디를 향해 갈지 판단할 힘이다. 생각할 시간이 필요하다. 잠시 멈춰도 괜찮다. 당신이 그것을 필요로 한다면.

봄이 아장거리는 아이의 속도로 오듯 조금 천천히 걸어도 된다. 행복이 당신을 놓치지 않도록, 그리고 당신의 삶이 당신을 놓치지 않도록 당신의 인생 안에 당신이 피어 있을 수 있는 시간을 허락하라.

관계, 적절한 거리와 적당한 온도

　나이가 들면 관계에 능숙해질 줄 알았다. 오판이었다. 나이 들수록 관계는 오히려 어렵다. 아는 것이 늘수록 신경 쓸 일이 늘어난다. 경험이 많아질수록 관계에서 생각할 것이 많아진다. 그래도 나잇값 하려면 상황에 따른 매뉴얼을 준비해야 한다. 기본적인 전략을 설정하고 상황에 맞춰 전술을 수정해야 한다. 몹시 골치 아픈 일이다.

　그래서 깊고 좁은 관계를 지향한다. 있는 그대로 나를 받아주는 사람은 존재만으로 감사하다. 한 명이면 충분하고 둘이면 축복이다. 그러나 이런 관계지향은 큰 리스크를 감수해야 한다. 한 사람을 잃으면 사랑을 잃는다. 친구 한 명을 잃으면 우정이 끝난다. 관계를 넓히면서도 깊이 있게 사람을 사귀는 것이 현명하다. 하지만 그릇이 작은 나는 어쩔 도리 없다. 그래서 항상 외로움 속에서 산다.

　관계는 항상 상처를 동반한다. 슬프게도 우리는 관계없이 존재할 수 없다. 사람들 사이에서만 살 수 있다. 아무리 혼자라 주장해도 결코 혼자가 아니다. 주관적으로 혼자라 느낄 뿐 문밖에는 사람들이 있다.

문을 닫고 등을 돌린 채 눈과 귀를 막고 있는 것뿐이다.

　여전히 사람에게 다가가는 일은 두렵다. 사람들이 다가오는 것도 두렵다. 두렵지만 어차피 혼자일 수 없다면 용기를 내는 수밖에 없다. 사람에게 다가갈 때 우리는 조심스럽다. 거리를 조절해서 천천히 다가간다. 상대가 놀라지 않도록 조심스럽게 다가간다. 상대의 거리를 존중한다. 그러다 내 사람이라 확신하면 돌변한다. 상대의 거리를 무시하고 자신의 거리를 강요하기 시작한다. 그래서 관계가 부서진다. 아니면 관계를 유지하기 위해 사람이 망가진다.

　사람 사이의 거리는 손을 뻗어 안을 수 있는 정도가 적절하다. 그 정도의 육체적 거리가 마음의 거리로도 적절하다. 물론 사람마다 정도 차이는 있겠지만 거리를 관계만큼 소중히 여겨야 한다. 그것은 변치 않을, 변해서는 안 될 사실이다.

　적당한 온도를 유지하는 것 또한 필요하다. 샤워 온도를 맞출 때 섬세한 조절이 필요하듯 관계에는 더 세심한 배려가 필요하다. 뜨겁게 굴어 데이지 않게, 차갑게 굴어 얼지 않게 해야 한다. 늘 36.5도의 체온으로 서로를 안아야 한다. 삼백육십오일 유지해야 한다. 그것을 해낼 때, 우리는 서로 '사랑한다' 말할 수 있다.

가담항설과 유언비어에 대처하는 자세

유언비어流言蜚語, 가담항설街談巷說, 둘 다 거리에 떠도는 소문이나 풍설을 말한다. 차이가 있다면 유언비어는 근거 없는 헛된 소문인데 비해 — 그래서 바퀴벌레 비蜚 자를 쓰는지도 — 가담항설은 사실인지 아닌지 알 수 없는 뜬소문이라는 차이 정도다.

소문은 전통이며 인습이다. 소문所聞 — 들려오는 떠도는 말에 옛사람들은 귀한 정보를 얻었다. 전쟁의 소문을 듣고, 병충해를 대비하고, 새로 오는 사또가 어떤 인물인지 들었다. 정치적 행위나 지명수배용으로 쓰인 공적인 방문과 달리 글을 모르는 백성들은 소문으로 정보를 얻었다. 하지만 익명에 숨어 비방, 모략, 흠집 내기 위해 쓰인 경우도 빈번했으리라.

소문은 인터넷이 보급되고 일인 미디어가 확산되면서 거대한 권력을 획득한다. 동네 거리 위에 머물던 소문(그것만으로 사람을 죽이고 가문을 박살내던 소문)이 전국으로 확산되고 세계로 퍼져나간다. 중세에는 소수의 종교재판관들이 수십 만 명의 무고한 여자들을 '마녀사냥' 했는데 현대에는 수천, 수만, 때로는 수십만 명의 사람들이 스스로 종교 재판관이 되어 소수의 사람들을 '마녀사냥' 한다. 어느 쪽이 더한 야만 인지 판단할 수 없다.

　이전에는 정보를 제한함으로써 사람들의 눈과 귀를 막았지만 지금 은 정보에 익사할 지경이다. 기업이나 국가, 거대 언론사는 물길을 돌 리는 방법(여론 조작)을 쓰고, 어느 한쪽의 이야기만을 듣고 사실인 양 하는 경우도 많다. 누군가를 죽이거나, 누군가에 의해 죽거나, 죽음 을 방조하는 공범이 되지 않기 위해 우리가 할 수 있는 것은 생각보다 많다. 확실하지 않으면 말하지 않는 것부터다. 확신한다 해도 누구에 겐가 상처줄 것 같으면 말하지 않아야 한다. 스스로 사실관계를 판단 하는 것이 중요하다. 타인의 판단으로 스스로의 판단을 대체하지 말 아야 한다. ~라더라, ~카더라는 말이 잦은 사람과 어울리지 말라. 우 리도 이미 소문의 대상이 되어 있을 것이다. 이것만으로도 분명 나아 진다.

　그리고 자신의 정의가 결코 타인의 정의에 부합되지 않는 사실과 개인의 정의와 집단의 정의가 다를 수 있음을 잊지 않을 것. 우리부터 실천한다면 분명 조금은 나은 세상이 될 것이다.

사람다움

사람 안에는 비율 차이만 있을 뿐 남성과 여성이 공존한다. 남녀 사이에 견고한 벽도 없고 한쪽이 나은 것도 아니다. 그저 두 가지를 통해 '사람다움'으로 나아가는 것이다. 감성과 이성도 마찬가지다. 감성적이고 자유로운 상상이 역사적으로 과학에 얼마나 이바지했는가. 이성적이고 냉철한 태도가 얼마나 많은 문학적 성취를 이뤘는가.

세상 만물에는 양면성이 있다. 양면성으로 세상은 균형을 이룬다. 낮과 밤, 뜨거움과 차가움, 아날로그와 디지털, 감성과 이성, 대립하기 위해서 존재하는 것이 아니라 균형을 이루는 지혜를 깨닫게 하기 위해 존재한다. 편향, 편식, 편중, 편견…… 치우칠 편偏 자가 들어간 것 중 사람에게 이로운 것이 있을까? 과식, 과속, 과잉, 과욕…… 지나칠 과過 자가 들어간 것 중 사람을 균형 잃지 않게 하는 것이 있을까?

한쪽 눈으로는 거리를 잡을 수 없고 한 음식만 먹으면 몸을 망친다. 한쪽만 보면 잘못된 판단을 하고 한쪽에만 무게가 실린 수레는 멀리 가지 못한다. 한 아이만 아끼면 두 아이 모두 망친다. 지나침 또한 그렇다.

3장
침묵에 귀를 기울이면

과거에도 있다

　처음 길 위에서 마주쳤을 때, 너와 나는 우리가 되었다. 우리에게 주어진 시간은 반드시 일생이리라 믿었다. 너도 믿었고 나도 그렇게 믿었다. 결코 우리의 시간이 영원하리라 생각하지 않았지만 둘 중 한 명의 생의 길이와 같으리라 믿었다. 십 년의 세월을 돌아서 우리는 각자의 집으로 돌아왔다. 서로의 집을 찾는 일은 없을 것이다. 하지만 그렇게 돌아온 길은 일상이라기에 너무나 특별했고, 그것이 꿈이었다면 일생 동안 잊지 못할 그런 꿈으로 남아 있을 것이다. 밤에 꾸는 꿈만 꿈이 아니듯 미래를 향한 꿈만 꿈이 아니다. 분명 꿈은 과거의 어느 한 지점에도 존재한다.

감정 근육 기르기

　우리에겐 자연스러운 감정이 있지만 감정을 자연스럽게 표현하는 일에는 엄격하다. 자신과 타인에게 지나치게 엄격하다. 마음껏 기뻐하거나 슬퍼하는 일도 쉽지 않다.

　어릴 때부터 세뇌한다. '울면 안 돼! 우는 아이는 산타할아버지가 선물을 안 줘.', '남자는 태어나서 세 번만 우는 거야.' 좋은 성적을 얻어도 마음껏 자랑할 수 없고 경기에서 이겨도 마음껏 웃을 수 없다. 화가 나도 속으로 삭혀야 한다. 그렇지 않으면 자기 제어조차 못하는 인간으로 매도한다. 상황에 맞춰 감정에 대응하는 것은 지극히 자연스러운 일인데 억지로 묶어버린다. 기쁘면 웃고, 슬프면 울고, 화가 나면 소리 지르는 게 당연하다.

　당연한 일을 못하게 하면 감정들은 안으로 쌓여 결국 독이 된다. 독은 빼내야 하는데 그조차 허용하지 않는다. 정신치료 경력이 있으면 미친놈 취급을 한다. 치료받기를 두려워한다. 쓸데없는 편견 때문이다. 누구나 정도의 차이가 있을 뿐 정신적 문제가 있다. 몸이 아플 때

약을 먹듯 마음의 아픔을 참기 힘들면 약을 먹어야 한다. 그렇게 당연한 일을 막는다. 자살률 세계 일위라는 오명을 얻는데 큰 역할을 한 것이 이런 인식 때문이다. 자살은 개인적 측면뿐 아니라 일종의 사회적 타살의 측면도 가진다. '묻지 마 살인' 같은 비극에도 큰 역할을 한다. 조현병이든 불안장애든 아픈 사람은 치료해야 한다.

건강하게 움직여야 할 마음을 묶어두니 아프다. 견디기 힘들 만큼 아픈데 치료를 받지 못하면 어떻게 될까? 죽음 이외에 방법이 없다. 우리에게는 감정을 표현할 권리가 있다. 하고 싶은 대로 해도 괜찮다는 말이 아니다. 다만 권리가 있음을 알아야 한다. 그것이 자연스러운 일임을 알아야 한다.

쓰지 않는 근육은 퇴화한다. 감정 근육을 움직이는 연습을 해야 한다. 그래야 건강해질 수 있다. 실제로 감정이 풍부하고 감정이나 느낌을 구체적으로 표현하는 사람일수록 정신 건강이 양호하며 질병으로 병원을 찾거나 약물을 복용하는 비율도 낮다.

걷기 위해 수많은 근육의 도움이 필요한 것처럼 기쁨은 왼발이 되게 하고 슬픔은 오른발이 되게 해야 한다. 일부러 슬퍼하라는 말이 아니다. 그것 또한 자연스러운 일이라는 것이다. 우리를 이루는 일부임을 인정해야 한다.

망진산, 두 번째

　몇 시간의 여유가 생겼다. 쇼핑을 할까, 아니면 등산을 할까, 고민하다 오랜만에 산에 올랐다. 삼월 초순, 봄은 아직 오지 않았다. 다만 봄이 오기 직전의 긴장감이 있었다. 작년부터 흩날리던 낙엽에도, 붉은 꽃망울이 부푼 매화나무에도, 겨울바람에도, 솜털 보송한 꽃을 지켜낸 목련나무에도, 봄이 오기 직전의 기대감이 있었다.

　예전에는 누가 산에 올라서 하체운동을 하고 철봉을 할까 싶었는데 오늘 내가 그랬다. 산에 올라 등 운동을 했다. 몹시 즐거운 경험이었다. 아마 하체운동이 필요한 사람 또한 있을 것이다. 어쩌면 세상에서 쓸모없는 것은 없을지 모른다. 다만 내가 아직 경험하지 못했을 뿐이다. 그렇게 생각하니 몹시 즐거워졌다.

　산의 길은 대부분 오솔길이다. 사람들의 발걸음이 쌓여 길이 만들어진다. 산에도 길이 있지만 정해진 길은 없다. 산의 모든 곳이 길이 될 수 있다. 물론 나뭇가지에 긁히거나 넘어질 수도 있지만 계속 위로 향하면 결국 정상에 오르고, 계속 아래로 내려오면 밖으로 나올 수 있다. 우리는 길을 잃은 것이 아니라 새로운 길을 찾고 있을 뿐이다. 인생도 마찬가지다. 길을 잘못 들면 새로운 풍경을 볼 수 있다. 새로운 길을 알게 된다. 우리는 패배한 것이 아니라 승리하기 위한 새로운 전술을 학습하고 있을 뿐이다.

인생이란 죽음을 향한 행진이다. 그러니 좀 돌아가면 어떻고 길을 잃으면 어떤가. 결국 기록 차이만 있을 뿐 우리는 같은 도착지에서 만난다. 그 사실이 내게 절망을 안겨줄 수 없다. 삶을 절실하게 살아갈 이유가 될 뿐이다. 오늘도 산에서 배우고 문장 몇 개를 주웠다.

남강에서

　햇빛과 달빛이 강물이나 바다에 비치는 모양을 오랫동안 보고 있으면 그런 생각이 들어요. 지금 빛이 물에 녹는 중이구나. 햇빛은 따뜻하게, 달빛은 시원하게 물속으로 녹아드는 거예요. 그 빛을 물고기들이 냠냠 먹는 거지요. 그래서 물고기의 비늘이 반짝반짝 하는 거고요. 물고기들이 물 밖으로 나왔을 때 그렇게도 반짝이는 비늘은 빛의 눈물인거죠.

　지금 내가 흘리는 눈물 또한 눈부신 날들을 녹여내기 위해 필요한일이겠지요.

덕후가 되고 싶다

    1970년대 '오타쿠'라는 일본어가 생겼다. 원래는 상대편이나 집의 높임말로 댁이나 귀하의 뜻으로 같은 취미를 가진 사람들이 동호회에서 만났을 때 서로 예의를 지키고 존중하는 의미였다.

    오타쿠는 바다를 건너 우리나라에 와서 '덕후'가 된다. 초기에는 본업에 충실하지 못하리라는 편견은 물론이고, 사회성이 부족할 것 같은 마니아 집단에 대한 거부감이 상당했다. 오타쿠 문화가 시작된 일본에서도 덕후는 한동안 부정적으로 인식되었다. 1989년 일본을 뒤흔든 유아 연쇄살인범의 덕후 성향이 보도되면서 덕후는 사회의 병적인 존재로 취급되었다. 1997년까지 '오타쿠'라는 용어를 방송에서 금지시켰을 정도다. 오타쿠 자체가 문제가 아니었음에도 불구하고 희생양이 되었다. 오타쿠라서 피해를 주는 것이 아니라 무수한 범죄자 중 한 명이 오타쿠였을 뿐이다. 그런 편견과 거부감에도 불구하고 '덕후'라는 단어는 사라지지 않았다. 오히려 사회 전반으로 확장되어 하나의 문화가 되었다.

    덕질(덕후+취미생활), 입덕(입문+덕후. 새로운 분야의 덕후가 되다↔탈덕),

덕심(덕질 대상을 향한 애정), 덕력(덕후의 공력-덕질하는 정도), 덕밍아웃(덕후+커밍아웃-스스로 어떤 분야의 덕후임을 공개하는 것), 덕업일치(덕질이 직업이 된 경우), 성덕(성공한 덕후의 줄임말, 특정 분야의 전문가가 되거나 덕질 대상과 만남이 성사된 경우). 단어가 사라지지 않는 것은 단어가 필요하기 때문이다. 단어의 개념이 확장되는 것은 사람들이 원하기 때문이다.

이제 덕후는 특수한 마니아 집단을 한정하지 않고 사람의 개별적 특성을 지칭한다. 피규어 덕후, 연예인 팬클럽, 프라모델 덕후, 캐릭터 덕후, 종류는 다양해지고 덕질에는 한계가 없다. 덕후는 문화를 이끄는 소비자인 동시에 콘텐츠 생산자다. 이 현상을 프로페셔널리즘이 난무하는 세상에 대한 아마추어리즘의 반격이라 말하고 싶다. 프로페셔널리즘은 자기의 직업과 기능, 전문 지식에 강한 자부심과 탐구심을 가지며 사회적 책임을 자각하는 일을 말하고, 아마추어리즘이란 스포츠 등에서 즐기기 위하여 취미 삼아 경기하는 태도, 즉 도락이다. 프로는 책임감을 가져야 한다. 반대급부로 돈과 명예를 얻는다. 아마추어는 책임감은 필요 없다. 실질적인 대가도 없다. 순수하게 즐길 뿐이다. 순수하게 빠질 수 있는 용기가 가장 멋지다. 자본주의 사회에서 우리는 살기 위해 일해야 한다.

아마추어 덕후는 그렇지 않다. 자신이 좋아하는 것을 찾고 좋아하는 것에 돈과 시간을 투자한다. 쓸모 있음의 기준은 누가 정하나? 효율성을 높이면 쓸모 있고 그렇지 못하면 쓸모없을까? 자동차 생산량을 두 배로 늘리면 쓸모 있는 일인가? 소프트웨어를 비약적으로 발전시키면 쓸모 있는 일인가? 시를 읽고, 명상 하고, 음악을 듣는 것은 어디에 속하는가? 고상한 문화 활동과 덕질을 분류해야 한다고? 대중음악을 들으면 천박해지고 클래식을 들으면 고상해질까? 만화책은 키덜트들의 도피처에 불과하고 노벨문학상을 받은 소설을 읽으면 삶을 개척해나갈 선구자가 될까?

쓸모 있음의 기준은 물질이 아니다. 고상함의 문제도 아니다. 즐거움의 문제다. 삶에 희열을 느낄 대상이 있는 것은 얼마나 근사한가. 무언가에 미치는 것은 얼마나 멋진가. 성덕이 되지 못해도 괜찮다. 확고한 취향을 가진 것만으로 훌륭하다. 대상이 무엇이든 스스로를 즐겁게 하는 일은 아름답다.

최소한 돈을 위해 사는 것은 아니다. 나도 그런 삶을 살고 싶다. 덕후가 되고 싶다. 무언가에 미치고 싶다. 제대로 미쳐서 풍요롭게 살고 싶다. 제대로 미쳐서 남들의 평가와 상관없는 '성덕'이 되고 싶다.

오! 나의 선비님

선비, 학식은 있으나 벼슬하지 않은 사람을 이르거나 학식이 있고 행동과 예절이 바르며 의리와 원칙을 지키고 관직과 재물을 탐하지 않는 고결한 인품을 지닌 사람을 이른다.

선비, 명분과 의리로 국민을 포용하는 정치를 지향하고 패도가 아닌 왕도, 법치보다 덕치를 우선하여 조선 왕조를 세계에 유래 없는 장수 국가로 만든 장본인들임과 동시에 붕당정치를 일으켜 동인과 서인, 남인과 북인, 노론, 소론, 대북, 소북으로 나뉘어 나라의 이익보다 정당의 이익을 우선하고 개인의 영달과 탐욕으로 나라를 망친 역적들.

'선비'는 애증의 대상이다. 그래서 불교와 서양철학을 배우고 노장 사상은 물론 제자백가의 다른 사상까지 들춰보면서도 공자, 맹자는 피했다. 그러다 우연히 고 최인호 작가의 소설 『유림』을 읽으면서 유교의 매력에 빠졌다. 아마 이십대에 읽었다면 그렇지 않았을 터이다. 책도 인연이 있다. 타이밍이 필요하고 받아들일 준비가 되어 있어야 한다. 유림을 계기로 선비를 받아들였다. 선비도 다른 사람처럼 타락하고 변절한다. 하지만 그들이 추구하는 정신은 ― 꼿꼿한 지조와 목에 칼이 들어와도 두려워하지 않는 강인한 기개는 분명 내가 추구하는 인간상과 맞닿아 있다.

> 선비는 친근히 할 수 있어도 위협할 수 없고, 가까이하게 할 수 있어도 협박할 수 없으며, 죽일 수 있어도 욕보일 수 없습니다.

조광조가 스승 한훤당에게 배웠다는 내용이다. 친근하게 굴 수 있지만 고통으로 위협할 수 없는 인간상이야말로 자본주의와 물질만능주의로 뒤덮인 세상에 필요하다. 죽어도 향기는 팔지 않는다는 '매향불매향'의 각오이다.

> 선비는 자기와 같은 부류라 해서 무조건 친하지 않고 자기와 다른 부류라 해서 무조건 배척하지 않습니다.

보수와 진보, 지역, 연령, 성별 온갖 것들로 편을 나누는 사람들이 배워야 할 덕목이다. 구차하지 않게 말하는 법. 말할 때를 가릴 줄 알고, 알지 못하는 것에 대해 함부로 말하지 않는 것. 무책임한 말이 넘치는 시대에 한번 내뱉은 말을 반드시 실행한다면 귀한 사람으로 인정받을 것이다. 인용하고 싶은 문장이 너무 많다. 최인호 작가의 『유림』을 한번 읽기 바란다. 선비의 숲속에서 공자와 맹자, 조광조와 이황을 만나면 스승으로 모시고 싶은 분 한 명은 있으리라.

밤새 비가 왔다

　밤새 내린 봄비에 목련 몇 송이가 피었다. 빗물을 머금은 땅이 몇 송이 꽃을 피워내는 동안, 세상에는 너무 많은 말이 넘치고 있다. 만약 사람마다 일생 동안 쓸 수 있는 말이 한정되어 있다면 어떨까. 그러면 세상은 조금쯤 평화로워지지 않을까. 더러운 말, 날카로운 말, 배려 없는 말, 타인에게 상처 주는 말, 숨어서 하는 말, 그런 말들을 하기 전 조금은 신중해지지 않을까. 가식 섞인 말로 언어를 소모해버리는 비효율적인 일도 사라지지 않을까. 거짓말을 일삼다가 결국 아무런 언어도 말할 수 없게 되는 인생도 생기지 않을까. 말 한마디에 그 정도 가치가 있다면 싫은 말을 해도 '아, 이 사람은 정말 이 말을 하고 싶었구나.' 납득할 것 같다. 좋은 말을 하면 '아, 이 사람은 정말 마음을 전하고 싶었구나.' 느낄 것 같다. 피어난 백목련을 바라보며 세상이 이런 언어로 가득하면 얼마나 좋을까, 언어가 닿지 못한 아름다움에 대해 생각했다.

'I will'보다 'I did'라고 말하기

'~할 거야'라는 말만 하는 사람을 믿지 않는다. '~를 했어'라고 말하는 사람이 좋다. 대단한 것을 이루겠다 말하고 실패를 거듭하는 것보다 작은 일이라도 실천해서 성공을 쌓는 편이 낫다. 언젠가 세상에서 가장 멋진 집을 짓겠다고 말하는 쪽보다 묵묵히 벽돌 하나 쌓는 사람으로 살고 싶다.

'할 수 없다'는 말 속에 '하기 싫다', '하기 힘들다'는 의미를 담지 않으려 한다. 일단 몸으로 부딪쳐 보고 '최선을 다했지만 뭐 어쩔 수 없지.' 씩 웃으려 한다. 물론 내가 할 수 있는 일에는 한계가 있다. 하지만 한계를 타인이 정하게 하지 않겠다. 내 몸으로 부딪친 경계를 한계로 정하겠다. 무엇을 할 수 있고 할 수 없는지, 어디까지 할 수 있는지 스스로 확인해야 한다.

오늘도 여기저기 부딪쳐 본다. 지금은 날카로운 시간이지만 멀리서 보면 이 시간은 분명 별처럼 빛날 것이다.

메멘토 그리고 다양성

기억은 기록이 아니라 해석이다Memory is not records, but is an interpretation

_ 크리스토퍼 놀란 감독의 영화『메멘토』

전직 보험조사관 레너드는 단기기억상실증 환자다. 아내가 강간당해 살해당한 날 그는 괴한에게 뒤통수를 맞고 쓰러진다. 그 순간을 기점으로 오래전 기억은 남아 있지만, 십 분 전 과거는 기억하지 못한다. 범인을 찾기 위해 그는 중요한 진실을 잊지 않기 위해서 온몸에 문신을 한다. 몸을 지울 수 없는 메모지로 만든다. 기억을 보조하는 수단으로 폴라로이드 사진을 찍어 메모한다. 그의 노력은 필사적이다.

내 마음 밖의 세상을 믿어야 한다. 기억하지 못할지라도, 눈을 감고 있어도 세상이 존재한다는 것을 믿어야 한다. 믿을 수 있을까? 존재하겠지? 존재하는군!

레너드는 기억을 믿을 수 없어 기록을 통해 기억을 대체한다. 폴라로이드 사진과 직접 쓴 메모를 진실이라고 믿지만, 진실은 주변 사람들에 의해 왜곡되고 존재한다고 믿는 세상 또한 굴절되어 있다.

진실은 없다. 오직 그것만이 진실이다. 우리 또한 객관적 사실이라고 믿는 세상을, 각자 살고 있을 뿐이다. 주관과 객관의 경계는 모호하다. 경계선을 정하는 기준도 주관적이다. 개인이 파악하기에 세계는 너무나 거대하다. 장님이 코끼리를 이해하는 것과 비교도 안 된다. 우리는 불완전하며 우리의 지식도 불완전하다. 태생적 한계를 받아들여야 한다.

'기억은 기록이 아니라 해석이다.' 이 말은 기억의 주관성과 한계를 말한다. 하지만 그 덕분에 우리는 세상을 상상할 가능성을 얻는다. 다양한 해석으로 세상을 넓힌다. 조류독감이 유행하면 철새들 중 몇 마리만 희생될 뿐이지만 같은 유전자로 생산된 닭은 전멸한다. 획일성은 취약하다. 모두가 같은 생각을 하는 세상은 상상조차 싫다. 스스로 불완전성을 인정하고 세상을 다양하게 해석하는 것. 그것은 자신뿐 아니라 세상을 건강하게 만드는 일이다.

기다림이 없는 삶

기다림이란 단어가 낯설다. 친구도 연인도 없이 타지에서 홀로 지내는 일상에는 기다릴 일이 좀처럼 없다. 분주한 아침에 화장실을 쓰려고 재촉할 일이 없다. 말없이 일어나 운동하고 느긋하게 씻는다. 식당에서 기다릴 필요가 없다. 자리 잡기 수월하고 동행의 먹는 리듬에 맞출 필요 없다. 누군가의 발걸음에 맞춰 걸음을 천천히 할 필요도 없다. 월요병도 없다. 금요일을 기다리지도 않는다. 꽃 피는 봄을 기다리지 않고 여름의 답답한 걸음도 재촉하지 않는다. 낙엽이 내려앉으면 어느새 겨울이다. 그렇게 한해가 지나지만 새로운 한해를 기다리지도 않는다. 나이 한 살 먹는 것뿐 더 이상 서럽지 않다.

기다릴 일이 없어지면 누군가 나를 기다리는 일 또한 없어진다. 일을 끝내고 집으로 돌아와 다녀왔습니다 말할 사람이 없는 밤에 적응한다. 힘든 일을 겪거나 몸이 아픈 날에도 누구의 위로도 없이 담담하다. 아무도 앞에 앉지 않은 식탁에 익숙해진다. 익숙해져도 쓸쓸하다. 쓸쓸함은 반복된다. 어느새 쓸쓸한 풍경에 익숙해진다. 사람은 적응하는 동물이란 말처럼 시간의 빈틈과 쓸쓸한 풍경에 적응해버린다.

　기다림이 없는 시간의 빈틈을 나를 위해 쓴다. 틈 안에서 책을 읽고 글을 쓴다. 사색하고 몸을 단련한다. 좁은 틈 안에 나뿐이다. 그래서 자유롭다. 행복하다 할 수 없는 날들이지만 그래도 내게는 틈이 있다. 틈은 오래전부터 나를 기다려온 건지 모른다. 오로지 나를 위한 공간을 마련해놓고 기다린 것이다.

　쓸쓸하지만 조용한 공간, 좁지만 자유로운 공간으로 들어가는 시간. 그 시간이 몹시 기다려진다.

몸의 기억

손

턱걸이를 한 지 이 주. 손에 물집이 생겼다. 가만히 손을 본다. 핸드 크림 한번 발라주지 않았는데 참 열심히 산다. 부지런히 움직여 돈을 벌고 벌어온 밥을 먹었다. 눈물 나는 날에는 소주 한 잔 털어 넣고 열을 식히며 눈물을 씻었다. 그런데 나는 해준 것이 없다. 미안하다. 반지 하나 끼워준 게 전부다. 그마저 지켜주지 못했다. 미안하다. 그래도 너는 괜찮다 했다. 아름다운 이의 이마를 짚었던 겨울이 있었다고, 그녀에게 비추는 햇볕을 가리던 여름이 있었다고, 그거면 충분하다고.

발

또 너를 상처 입혔다. 상처 입어야 너의 존재를 인지한다. 너를 거들떠보지 않았다. 상처가 나으면 잊는 일을 반복했다. 네 덕분에 먼 길을 걸어왔지만 얼마나 무심했는지, 얼마나 서운할지 짐작조차 할 수 없다. 아마 앞으로도 꽃길만 걸을 수는 없을 것이다. 그래도 지금부터 너의 한 걸음 한 걸음을 소중히 여길 것을 약속한다. 다시는 일부러 가시밭길로 데려가지 않겠다. 당분간 어둠 속을 걸어야 하지만 이제는 어둠이 아닌 해가 떠오르는 곳을 향해 걷겠다. 믿어도 좋다.

입술 그리고 혀

너는 함부로 말을 내뱉어 멋대로 내 인생을 감고 묶었다. '영원'이란 단어로 칭칭 감아 감당할 수 없는 무게의 '사랑'에 묶어 심해 속에 나를 던졌다. 너를 증오했다. 그래서 오랜 세월 너를 침묵 속에 가뒀다. 형벌의 시간이 지나 너를 꺼내려 했을 때 보았다. 그녀가 떠난 날, 이미 녹아내리고 뿌리만 남아 있던 너를, 죄책감에 신음조차 삼키던 너를. 미안하다. 용서한다. 이젠 너도 너를 용서해라. 너도 나도 충분히 고통 받았다. 속죄의 세월은 그걸로 충분하다. 향기로운 술을 여기 따라 놓으니 한잔 마시고 푹 자라. 쉴 만큼 쉬고 일어나면 다시 우리 둘이서 노래하자.

눈

아름다운 것만 보여주지 못했다. 어둠을 더 많이 보여준 인생이다. 지금도 밝게 빛나는 것만 보여줄 자신은 없다. 세상 아름다운 것으로 너를 물들이던 날들이 있었으나 이제 꿈에서 깰 시간이다. 이제 눈을 감고 꾸는 꿈 대신 눈을 뜨고 꿈을 꾸려한다. 함께 세상을 대면하고 세상 안에서 꿈을 꾸자.

양면성의 불변성

지금껏 경험한 모든 것은 양면성을 가지고 있다. 하루는 낮과 밤을 지니며 동전에는 앞면과 뒷면이 있다. 모든 물체는 아무리 얇게 잘라도 두 개의 면이 생긴다.

사람도 양면성을 가진다. 산이 높으면 골짜기가 깊다. 낚시꾼은 한가롭지만 물고기에겐 생사가 달려 있다. 산소는 생명을 잉태하지만 생명을 소멸로 인도한다. 상황도 그렇다. 인생사 새옹지마, 이 문장은 단호하다. 세상만사는 늘 바뀌어 무엇이 복이 되고 화가 될지 예측하기 어려우니 재앙도 마냥 슬퍼할 일이 아니며 복도 마냥 기뻐할 일이 아니라는 말이다. 백 번 맞는 말이고 천 번 옳은 말이다. 이것 하나만 바꾸고 싶다. 재앙이 닥치면 화가 나고 슬픈 일을 겪으면 눈물이 난다. 좋은 일이 생기면 마음껏 웃고 춤춰야 한다.

슬픈 일을 겪을 때 그 안에 희망의 씨앗이 있음을 기억해야 한다. 기쁜 일이 있을 때 이 또한 영원히 지속되지 않음을 기억해야 한다. 랜터 윌슨 스미스의 말처럼 이것 또한 지나가리라. 슬픔도 기쁨도 지나간다. 기쁠 때보다 고난이 닥쳐올 때 되뇌면 좋다. 시의 끝 부분 "삶의 진실을 잊지 마세요. 지금의 충만한 삶은 사실 어느 한순간에 지나지 않는다는 것을" 나는 이렇게 해석한다. 순간 안에 영원이 있고, 영원 또한 한순간에 지나지 않는 거라고. 사랑하는 이를 안는 짧은 순간에 영원이 담겨 있고 고통의 세월도 지나면 순간으로 기억된다. 순간과 영원조차 양면성을 갖는다. 의미와 무의미 또한 양면성을 갖는다. 지금 무의미한 시간을 보냈다고 슬퍼할 필요 없다. 삶을 빛나는 순간만으로 채울 수 없다. 의미 없이 여겨지는 것이 나중에 의미를 가질 수 있고, 의미 있다 믿었던 것이 산산조각 나는 것이 인생이다. 무는 유를 통해 기능하고 유도 무를 통해 기능한다.

양면성을 인식하는 것, 그것은 단면적 세계관에서 벗어나는 일이다. 모든 것에 양면성이 있고 불변하는 것은 양면성뿐이다. 거리를 잡기 위해 두 개의 눈이 필요하듯 양면성을 통해 세상과의 거리를 재야한다. 균형을 유지하는 양면성의 힘을 기억해야 한다.

어떤 연애를 할 것인가

'연애'라는 글자, 쓰기만 해도 가슴이 콩닥콩닥하는 이름.

사람들은 가끔 어떤 사람을 만나고 싶은지, 어떤 연애를 하고 싶은지, 어떤 결혼생활을 하고 싶은지 묻는다. 어떤 사람을 만나고 싶은가, 만나보지 않으면 모른다. 만나면 알아볼 수 있다는 것만 알고 있다. 그때까지 좋은 사람이 되기 위해 노력할 뿐이다. 좋은 사람을 만나는 일은 쉽지 않지만, 좋은 사람이 되려는 노력은 지금 할 수 있으니까. 어떤 사람을 만날지, 누구와 사랑에 빠지는 것도 내가 결정하는 일이 아니다. 최소한 내겐 그랬다. 사랑은 어느 순간 정복자처럼 찾아와 나를 압도하는 것이다.

어떤 연애를 하고 싶은가.

사랑에 빠지면 도파민이라는 호르몬이 분비된다. 호감을 느끼게 만들고 두근거리게 한다. 강하게 끌리는 마음, 중독성을 느끼게 한다. 그 다음은 페닐에틸아민 — 흔히 콩깍지 씌었다고 할 때 분비되는 호르몬으로 호감을 느끼게 하고 그리움과 열정, 행복감을 충만하게 하는 천연각성제다. 또한 오르가슴호르몬으로 이성을 마비시키고 열정적으로 만든다. 행복감에 도취하게 만든다. 그런데 이 호르몬의 성분은 마약의 주성분인 암페타민이다. 게다가 지속시간은 대개 삼 개월에 불과하고 길어도 삼 년을 넘지 않는다. 그래서 사랑의 유효기간은 삼 년이라고 말한다. 많은 사랑이 대부분 이 기간에 끝난다.

삼 년의 시간을 지혜롭게 넘긴 연인에게는 옥시토신과 세로토닌이 분비된다. 옥시토신은 애착현상을 만들어 껴안게 만드는 호르몬이라 불리고, 서로에게 편안함을 느끼게 한다. 세로토닌은 오래 같이한 부부가 느끼는 정과 친밀감을 나타내고 은은한 즐거움을 준다.

내가 하고 싶은 연애는 도파민이나 페닐에틸아민처럼 자극적이고 중독된 사랑의 시간이 지났을 때 설렘이 비워진 자리에 믿음과 따뜻함을 채우는 연애다. 때로는 짜릿한 시간도 함께 보낼 테지만 서로에 대한 신뢰가 바탕인 연애. 서로를 좀 더 나은 누군가로 만들어줌과 동시에 지금 그대로의 서로를 받아들이는 관계. 이 사람은 내 곁에 있어 주리라는 믿음 위에 이 사람을 더 사랑하기 위해 더 나은 사람이 되고 싶다는 욕망이 자리한 연애를 하고 싶다.

어떤 결혼생활을 하고 싶은가.

어떤 결혼생활을 하고 싶은가에 대해서 할 말이 많기도 하고 없기도 하다. 이유는 결혼생활은 혼자 결정하는 것이 아니라 상대방과 합의하는 것이기 때문이다. 어떤 사람과 사랑할지 모르고 그가 어떤 성향인지 모르는데 어떤 결혼생활을 할지 미리 정할 수는 없다. 결혼은 사회생활을 경험한 성인의 일이다. 성인이라면 대화해야 한다. 눈을 보며 말하고 귀 기울여 들어야 한다. 대화를 통해 결정하는 과정이 있어야 한다. 한쪽의 일방적인 희생은 안 된다. '우리'를 위해 함께 감내해야 한다.

그래도 하고 싶은 결혼을 말하라면 신혼집은 너무 넓지 않았으면 한다. 거기에 침대와 생활에 필요한 최소한의 가구만 들여놓고 시작하고 싶다. 매달 정해진 날마다 팔짱을 끼고 나가 쇼핑을 하고 싶다. 함께 밥도 먹고, 달콤한 디저트도 먹고, 필요한 가구들을 하나씩 채우는 즐거움을 느끼고 싶다. 몸에 맞지 않는 옷이 불편하듯 생활에 맞지 않는 가구는 불편할 테니까. 가구가 채워지면 계절 따라 꽃을 사고, 화병을 사고, 서로의 취미에 필요한 것을 사고 싶다. 문화생활을 함께하고 싶다. 매순간 함께할 수 없어도 매순간 함께인 확신을 갖고 싶다. 상상으로 그칠지 모르지만 어쨌든 상상만으로 즐겁다.

눈 깜짝할 순간에 일어난 일

　너무 순식간에 일어난 일이라고 이유를 대는 일의 대부분은 눈 깜짝할 순간에 일어난 일이 아니다. 징조가 있었고 조짐이 있었다. 원인이 있었고 과정이 있었다. 그럼에도 불구하고 아무것도 하지 않았을 뿐이다. 바꿀 수 있는 기회와 멈출 수 있는 기회는 항상 있었다. 눈 깜짝할 순간에 일어난 일 따위는 없다. 외면하고 회피하고 변명하며 제대로 보지 않았을 뿐이다.

십일월 이십육일, 망진산

때죽나무, 벽오동나무, 말오줌때나무, 물들메나무, 생달나무, 모과나무, 두충나무, 산닥나무, 오갈피나무, 닥나무, 삼지닥나무, 고욤나무, 일본목련나무, 산초나무, 누리장나무, 층층나무, 모감주나무, 돌배나무, 쇠물푸레나무, 살구나무, 수양벚나무, 고로쇠나무, 버즘나무, 굴피나무, 말구슬나무, 병꽃나무, 화살나무, 참느릅나무, 상수리나무, 헛개나무, 비자나무, 편백나무.

산의 대부분 나무들이 겨울 맞을 준비를 하는데 따스한 햇볕에 철모르고 핀 개나리꽃이 눈에 띈다. 연인이, 부부가, 부자가, 모녀가, 산을 오르고 내려간다. 나는 같이할 사람이 없어 나와 함께 오른다. 나에게 말을 걸고 나에게 귀를 기울인다. 거칠어지는 숨소리만큼 편안해지는 마음. 몸을 움직이며 마음을 쉬게 하는 시간.

산에는 길이 좁아지는 곳이 많다. 인생에서도 선택을 반복할수록 길이 좁아진다. 불안한 일은 줄었지만 선택 범위는 좁아진다. 때로 답답할 때도 있다. 그럴 때마다 생각한다. 아무런 선택권이 없다고 생각

그저 따뜻한 말 한마디

할 때도 분명 세 가지 선택지는 남아 있다. 멈추거나, 되돌아가거나, 앞으로 계속 나아가거나, 아직 내 결정으로 남아 있다. 끊어질 듯 앞이 보이지 않아도 오솔길은 이어져 있다. 계속 이어진다. 이어진 길을 따라가면 어느새 정상이다.

정상에 오래 머무르지 않는다. 땀에 젖은 옷을 잠시 벗고 물 한 모금 마시고 내려온다. 정상은 전환점일 뿐이다. 나는 성취감 때문에 오른 것이 아니다. 몸과 마음을 함께 걷게 하려 오른다. 그러기에 산보다 적당한 곳은 없다. 비록 혼자지만 몸과 마음이 침묵으로 나누는 대화는 정겹다.

나와 함께 산을 올랐다. 몸과 마음은 나란히 사이좋게 산을 내려왔다. 오늘은 그걸로 충분하다.

직접 개발한 심리테스트

Answer	— Analog	Before	— Better
Choice	— Choice	December	— Dreamer
Eternity	— Enable	Forever	— Find
Goodbye	— Gentle	Humiliate	Happen
Jin	— Journey	Kim	— Kim
Lost	— Love	Mother	— Min
Nobody	— Name	Opportunity	— Obtain
Park	— Patience	Question	— Quest
Remember	— Recover	So so	— Satisfied
Tears	— Tale	U	— Uturn
Vs	— Various	War	— We will win
X-ray	— Xeroxlore	Yesterday	— Yoda
Zero	— Zeal		

일 년에 한 번 꼭 써보는 것이 세 가지 있다. 나만의 심리 테스트 알파벳 A~Z 옆에 단어를 채운다. 기역부터 히읗까지 단어를 써본다. 그리고 유서를 쓴다.

왼쪽은 삼 년 전에 쓴 것이고 오른쪽은 오늘 쓴 것이다. 변하지 않은 것도 있고 변한 것도 있다. 기분 삼아 써보는 것은 아무 의미도 없을지도 모르지만, 다이어리 맨 앞에 적어 일 년 단위로 쌓아올리면 그것만으로 인생에 대한 기록이 된다. 기록은 권위를 가진다. 한번쯤 해보길 바란다. 나무가 해마다 나이테를 더해가듯 자신이 어느 방향으로 가고 있는지 이정표가 될 것이다.

울음의 울림

며칠 전 한 남자가 울고 있었다. 남자 두 명이 들어와 이야기를 나누며 옆자리에서 술을 마셨다. 그러다 한 남자가 울음을 터뜨렸다. 안으로 삭이려는 애달픈 노력에도 불구하고 새어나오는 눈물이었다. 울음에 공감할 수는 없었지만 그것이 진심임을 알 수 있는 울음이었다.

그리고 엊그제 한 여자가 우는 걸 봤다. 남자와 함께 웃으며 깔깔대던 여자가 별안간 울음을 터뜨렸다. 눈물이 없는 울음이었다. 자신을 알아달라는 울음이었다. 소리만 큰 울음이었다. 주위 사람들은 눈살을 찌푸렸고 남자는 당황했다.

울음의 이유를 셀 수 없듯 울음의 종류도 무수하다. 울음은 눈물과 소리가 섞이고 상처받은 마음과 표정, 그리고 행동이 섞여서 만들어진다. 눈물만 있는 울음은 고요하고 처절하다. 흘러내리는 눈물은 소리 없이 가슴에 스며든다. 스스로의 가슴에 스며들기도 하고 상대방의 가슴에 스며들기도 한다. 소리만 있는 울음은 원래 말이 되었어야 할 울음이다. 말로 전할 방법을 알지 못하거나, 말할 수 없거나, 말하지 않아도 알아주기를 원할 때 소리만 있는 울음이 나온다. 본인은 모르지만 상대방은 귀를 막고 싶어지는 울음이다. 전하려는 마음은 안타깝지만 끝내 전해지지 못할 울음이다. 진심 섞인 울음에 사람들은 공명한다. 스스로의 마음과도 공명하지 못하는 울음은 슬프다.

울음은 결국 울림이다. 사람과 사람 사이를 이어주는 어울림이 되지 못한 울음은 안타까울 뿐이다. 모든 울음은 개별적이지만 누군가를 향한다. 제대로 우는 방법은 모르지만 마음이 담기지 않은 울음은 누구의 마음도 울리지 못한다는 사실은 알고 있다.

틈

    세상 모든 곳에 틈이 있다. 어쩌면 세상은 틈으로 이루어진 건지 모른다. 세상은 상실과 부재로 가득하다. 존재하는 숫자만큼 틈이 있다. 시간에도 틈이 있고, 공간에도 틈이 있다. 사람과 사람 사이에 틈이 생긴다.

    틈은 이렇게 정의되어 있다.
    1. 벌어져 사이가 난 자리 (틈 사이로 바람이 들어온다. 물샐 틈도 없다)
    2. 겨를. 기회 (책 볼 틈이 없다. 혼잡한 틈을 타다)
    3. 불화 (둘 사이에 틈이 생기다)

    첫 번째 틈은 주로 공간 사이를 말한다. 굳게 닫은 문에도 틈이 있어서, 그 사이로 바람이 새어 들어온다. 한 치의 틈도 없다면 우리는 숨 막혀 죽을 것이다. 벽과 벽 사이에도 틈이 있다. 틈이 있기에 건물 사이를 완충한다. 화재가 났을 때 아무것도 없는 틈이 존재하기에 건물이 모두 불타는 것을 막는다. 첨성대가 지진을 몇 천 년 견딘 것도 돌 사이에 틈이 있기 때문이다. 악기의 현과 현 사이에도 틈이 있다. 적당한 틈과 간격이 존재하지 않는다면 악기는 소음에 불과하고 어떤 음률도 만들지 못한다.

마음에도 틈이 있다. 상실해야만 하는 것들, 생명이 빠져나간 자리, 꿈이 빠져나간 자리, 사랑이 빠져나간 자리, 틈은 메워지지 않는 구멍이 된다. 구멍 사이로 소중한 것들이 빠져나간다. 막을 방법은 없다. 그저 납득해야 한다. 상실을 인정할 수밖에 없다. 다만 틈 사이로 슬픔마저 빠져나갈 날이 온다. 그것만은 잊지 말라.

모든 곳에는 금이 가 있다. 빛은 거기로 들어온다. ＿ 레너드 코헨

두 번째 틈은 겨를이나 기회. 시간 사이의 틈이다. 돈 벌기에 급급해서 진정한 자신을 잃어간다. 분명 나를 위해, 가족을 위해 일하는데 점점 나를 잃어간다. 가족과 멀어진다. 어떻게든 시간을 쪼개서 틈을 만들어야 한다. 돈은 쪼개면 줄어들지만 시간은 쪼개면 늘어난다. 막연한 일 주일과 하루가 아니라 분 단위로 시간을 쪼개면 몇 분이라도 자신을 위한 시간이 생긴다. 시간의 틈에서 우리는 잠시나마 자유롭다. 진짜 자유는 아무것도 하지 않는 것이 아니라 바쁜 와중에 자신을 위해 무언가를 하는 것이다. 행복은 하고 싶은 일만 하며 채운 하루가 아니라 해야 할 일로 가득 찬 날에도 자신을 위한 시간을 잠시나마 허락한 하루에 있다.

세 번째 틈은 불화. 사람 사이의 틈. 가장 아픈 기억이, 제일 고통스러운 경험이 좁은 틈 안에 모두 들어 있다. 가족을 잃고 친구를 잃는다. 연인을 잃는다. 모든 관계에 상실이 내재되어 있다. 온 힘을 다해 안아도 그 사이에 틈이 있다. 한번 생긴 틈을 메울 방법은 세상 어디에도 없다. 어떻게든 견딜 수밖에 없다. 좋은 날이 올지 알 수 없다. 다만 언젠가 슬픔이 수명을 다하는 날은 온다. 그날 이후 당신은 자유로워진다.

억지로 행복해지려 하지 않고 가만히 내버려두면 언젠가 행복이 문을 열고 들어올 것이다. 그때까지 자유롭게 지내길 바란다. 이길 수 없어도 부디 지지 말고 버티길 바란다.

마흔, 우유는 반이나 남은 걸까?
반밖에 남지 않은 걸까?

　어느새 십이월. 서른이 되어 세상이 어두워진 것이 엊그제인데, 어느새 마흔이 저 앞에서 오라 손 흔든다. 의사와 상관없이 세월의 무빙워크에 올라 있다. 세월은 날이 갈수록 빨라진다. 서른과는 또 다른 삶의 분기점이 되는 나이 마흔. 스무 살에 어른임을 허락받고 서른 살에는 어른이 아니라고 더 이상 칭얼댈 수 없다. 과연 마흔은 어떨까.

　논어 「위정」 편에 "마흔에 흔들리지 않았다." 하여 불혹不惑이라는데 나는 아직도 봄꽃에 흔들리고 가을낙엽에 소스라친다. 희로애락도 제대로 조절하지 못하고 어른아이로 산다. 마흔은 짐작조차 할 수 없다. 그래서일까. 세상에는 '마흔'이라는 단어가 들어간 책이 넘쳐난다.

　마흔의 시간관리, 마흔을 위한 기억수업, 마흔에 읽는 『손자병법』, 나는 마흔에 생의 걸음마를 배웠다, 마흔, 다시 읽는 단편소설, 마흔, 논어를 읽어야 할 시간, 마흔부터 다르게 살기, 마흔 살 여자가 서른 살 여자에게, 마흔부터 시작하는 백세운동, 마흔의 심리학, 마흔, 제갈량의 지혜를 읽어야 할 때, 마흔에 꼭 만나야 할 사람, 버려야 할 사람,

마흔이 두려운 여자, 마흔을 꿈꾸는 여자, 마흔, 인문학을 만나다, 지금 마흔이라면 군주론, 마흔에 살고 싶은 마당 있는 집, 마흔의 단어들, 마흔으로 산다는 것, 마흔, 당신의 책을 써라, 마흔, 다시 읽는 시詩, 마흔, 빚 걱정 없이 살고 싶다, 마흔 넘어 걷기 여행, 아플 수도 없는 마흔이다.

　다른 사람들도 두려운 것이다. 마흔이라는 나이에 흔들리고 불안하다. 그것을 메울 방법을 찾는 것이다. 사회에 진출해서 한참 달려왔는데 자신의 길이 아니라고 느껴질 때, 그럼에도 계속 책임져야 할 가족이 있는 나이, 계속 일할 수 있을지 불안한 나이, 자신을 돌아볼 시간이 생긴 나이, 분명 자신의 선택으로 쌓아온 인생인데, 인생이 자신의 것이 아님을 깨닫는 나이, 그것이 마흔이다. 있는 힘을 다해 살았지만 생 위에는 허무함만 가득하다. 진정 살고 싶던 삶은 이게 아니었다. 원하던 삶을 살았어도 계속 그럴지 확신할 수 없다. 젊다고 말할 수 없는 나이가 되었다. 지금껏 아저씨, 아줌마로 살아왔고 한동안 아저씨, 아줌마로 살아야 한다. 할머니, 할아버지가 되는 순간이 올 때까지. 세월을 거스를 순 없다. 얌전하게 늙어야 하는데 소리라도 지르고 싶다. 무빙워크에서 벗어나고 싶은데 온몸이 묶여 움직일 수 없다. 내 목소리에 귀를 기울이는 사람은 세상 어디에도 없다.

　나 또한 두렵다. 인생의 반환점 앞에서 두렵다. 두려워도 어쩔 수 없다. 어쩔 수 없다면 받아들여야 한다. 세월을 막을 방법은 없다. 나이 마흔을 그저 숫자 마흔으로 받아들이면 된다. 마흔은 열의 네 배인 수이고, 39보다 크고 41보다 작은 자연수이다. 그렇게 받아들인다.

세상이 원하는 대로 나이 먹는데 세상이 원하는 대로 살 필요까진 없다. 첫 시집이 나왔을 때 나이가 서른여덟. 그야말로 '사십에 첫 버선' 오래 미뤄온 꿈을 마침내 이루었다. 드디어 '나의 삶'이 시작되었다.

불혹은 흔들리지 않는 나이가 아니라 마음껏 흔들려도 괜찮은 나이다. 다만 흔들림은 세상이나 타인에서 비롯하면 안 된다. 자신의 목소리에 귀 기울여야 한다.

여기 우유가 반 잔 있다. 어떻게 마셨는지 기억나지 않는다. 언제 없어졌는지 모른다. 지금까지 우리는 그렇게 나이를 먹었다. 우유가 '반'이나 남았는지, '반'밖에 남지 않았는지는 문제의 본질이 아니다. 중요한 것은 남은 우유를 어떻게 맛있게 먹을까이다. 행복해지기 위해 할 수 있는 건 다해야 한다. 시간을 쪼개 자신을 위해 써야 한다. 깨달음은 언제라도 늦지 않다. 사십, 오십, 육십 어느 나이에 이르렀는지가 중요한 게 아니다. 어디로 가고 싶은가? 욕망이 남아 있는 한 우리는 청춘이라 말할 자격이 있다.

'사십 먹은 아이 없다'지만 우리 안에 언제나 아이가 있고 아이가 이끄는 길을 따르는 것, 그것만으로 우리는 행복할 수 있다.

낮술을 마셔라

대학까지 부모님이나 선생님이 짜준 틀에서 벗어나지 않고 자란다. 대학에 입학하고 삼 학년쯤 병역의무를 마치고, 첫 직장에 들어가 사회를 경험하고 나면 막연한 희망에 금이 가기 시작한다. 그대로 따르기만 하면 괜찮을 줄 알았다.

지금 과가 적성에 안 맞아요, 다니는 대학을 졸업해도 암울해요, 전과를 할지 편입을 할지 고민이에요, 회사에 비전이 보이지 않아요, 지금이라도 대학을 갈까요? 이직을 준비할까 해요, 아무래도 공무원 준비를 하는 게 나을까요?

그때마다 해준 말은 '낮술을 마셔라.'

부모님이나 선생님이 인도하는 길만 걸었다. 시험지 속 정답을 고르느라 인생이라는 시험에서 다른 답은 보지도 못하고 정답을 세뇌당했다. 부모님과 선생님이 이끌어 준 장소가 자신이 원하던 곳과 다름을 깨닫는 순간 길을 잃는다. 괜찮다. 방황하는 것은 멋진 일이다. 길을 잃었다고 생각한 순간 인생을 진지하게 생각하게 된 것이다. 전

그
저
따
뜻
한
말
한
마
디

혀 늦지 않다. 이제부터의 선택이 진정한 인생이 될 것이다.

물론 책임은 져야 한다. 선택은 그만큼의 책임을 받아들일 각오다. 선택이 항상 좋은 길을 찾아주지 않는다. 오히려 후회 없는 선택은 드물다. 그래도 선택한 길이 옳다. 누가 뭐래도 자신이 답을 정한 순간, 답은 이미 정당성을 획득한 것이다. 그러기 위해서 휴학하고, 자퇴하고, 퇴사해도 괜찮다. 평생 지고 갈 짐을 오늘로 끌고 올 필요 없다. 아직 짐이 적을 때, 조금이라도 자유로울 때, 신중하게 방향을 정하면 된다. 선택의 결과가 좋지 않으면 어떻게 하냐고? 타인은 판단할 수 없다. 판단할 자격을 가진 것은 미래의 자신뿐이다. 자신의 선택으로 여기까지 왔다면 미래의 나는 존중해줄 것이다.

다만 선택할 때 틀 밖에서 바라보기를 바란다. 낮술 한잔 해보라. 틀 밖에서 일상의 쳇바퀴를 한번 바라보라. 틀 안에서는 시야가 좁아지니 한번쯤 밖에서 보아야 한다. 술이 별로라면 여행을 떠나도 좋다. 지금껏 영위해오던 생활의 '관습'에서 벗어난 어떤 행동이라도 좋다. 걱정하지 않아도 괜찮다. 타인의 틀에 맞춰 사는 것보다 어떤 모양이든 자신이 선택한 틀로 만드는 과정, 그것만으로 인생은 나쁘지 않다.

집 그리고 밥

뭐 먹고 싶어? 라는 질문에 스파게티, 찜닭, 돼지국밥, 삼겹살, 한우, 참치회, 김치찌개, 순두부찌개…… 온갖 대답이 나온다. 언제부턴가 뭘 먹을지에 대한 대답은 전부 밖에서 돈을 주고 조리된 음식을 사먹는 것이 되었다. 아직도 나는 집밥이 그립다.

예전에는 '집밥'이라는 단어가 없었다. 밥은 당연히 집에서 먹는 것이고 가족과 함께 먹는 것이었다. 식구는 그런 뜻이었다. 그러나 산업화가 진행되면서 사람들은 바빠졌다. 바쁘지 않으면 밥을 벌 수 없게 되었다. 부모 모두 나가 각자의 공간에서 돈을 벌어야 남들 먹는 만큼 먹을 수 있고, 남들 사는 만큼 살 수 있게 되었다. 대신 가족이 모여 밥 먹을 시간을 박탈당했다. 남들만큼 가족에게 밥을 먹이기 위해 남들과 더 자주 밥을 먹게 되었다.

아파트가 주거형태의 기본이 되면서 가족은 각자의 공간으로 갈라졌다. 함께 밥을 먹는 공간은 더 이상 집의 중심이 아니다. 각자의 방으로 들어가기 위한 통로다. 애써 밥을 지어도 시간을 맞출 수 없다.

등교시간과 출근시간에 맞출 수가 없다. 같은 시간과 공간에서 함께 밥 먹는 일이 기적이 되어버렸다. 분명 가정인데 밥 먹는 일은 고시원과 다를 바 없다. 주방 한쪽에 밥이 준비되어 있고 편한 시간에 나와 각자 먹는다. 부부 둘뿐이라도 맞벌이를 하면 함께 밥 먹는 것도 일이 되어버린다.

일인가구는 말할 것도 없다. '집밥'은 티브이 속에만 존재하는 전설이 되었다. 집에서 집밥을 만들어 먹는 것을 구경하는 시대가 왔다. '함께 만들어' 먹는 것이 아니라 '혼자 사서' 먹는 시대. 집밥 뒤에 어머니의 일방적 헌신이 있다는 것을 안다. 그래도 함께 먹던 밥이 그립다. 아무리 비싼 음식을 먹어도, 아무리 많이 먹어도, 유명한 맛집에 다녀와도 마음에 언제나 허기가 있다. 몸의 허기가 아니라 마음의 허기다.

현관을 열면 아무 소리도 나지 않는다. 어떤 온기도 느낄 수 없다. 아무도 없다. 괜히 가스 불에 냄비를 올리고 라면봉지를 뜯어 털어 넣는다. 빈약한 수증기 위로 퍼지는 화학조미료 향 속에서 옛 추억의 냄새를 더듬는다.

사람은 무엇으로 사는가

    대문호 톨스토이의 1885년 작품 『사람은 무엇으로 사는가』는 구두장인 시몬이 하나님에게 벌을 받고 인간계에 떨어진 천사 미하일을 돌보며 생기는 이야기이다. 미하일은 세 가지 질문에 대한 대답을 알아내야 한다.

    사람의 마음 안에 무엇이 있는가?
    사람에게 주어지지 않은 것은 무엇인가?
    사람은 무엇으로 사는가?

    말년에 삶과 죽음, 종교에 심취했던 톨스토이의 대답은 사람의 마음속에는 하느님의 사랑이 있고, 사람에게 주어지지 않은 것은 자신의 육체를 위해 필요한 것이 무엇임을 아는 것이며, 사람은 사랑으로 산다는 것이다.

    그래, 사람은 사랑으로 산다. 사랑은 아가페든 에로스든, 이성의 사랑이든 가족의 사랑이든 관계없이 근사하다. 사람은 사람과 살 수 밖에 없고 사람을 이어주는 것은 사랑이다.

　다음 달 하나뿐인 친구가 결혼한다. 축의금을 받느라 그의 결혼식은 못 볼 것이다. 누이의 결혼식도 마찬가지였다. 결혼을 약속했던 사람 또한 떠났다. 어쩌면 나는 사랑하는 이의 결혼을 보지 못할 운명인지 모른다. 그리고 사랑으로 살아갈 수 없는 운명인지 모른다. 그런 생각이 들었다. 어쩔 수 없다. 한 사람을 사랑하다 생을 마감하는 것이 유일한 바람이었지만 이룰 수 없었다. 그를 잃으면 삶을 잃는 것이라 생각했다. 실제로 삶이 끝난 것처럼 살았다.
　그렇지만 삶은 끝내 끝나지 않았다. 그렇다면 나는 어떻게 살아남았는가. '따뜻함' 덕분이다. 사람이 사랑을 잃고도 사는 것은 오직 '따뜻함' 덕분이다. 소중한 모든 것을 잃어도 따끈한 밥 한 끼만 먹을 수 있어도 사람은 살 수 있다. 따뜻한 말 한마디만 들어도 살아갈 힘을 얻는다. 따뜻한 포옹 한 번이면 겨울을 견딘다.

　사람은 무엇으로 사는가?
　사람은 '온기'로 살아간다.

사람에게 얼만큼의 땅이 필요한가

톨스토이 이야기 하나 더. 사람에게는 얼만큼의 땅이 필요한가?

소작농 파흄은 땅을 얻기 위해 온 힘을 다해 뛰다 피를 토하고 죽는다. 가엾은 파흄은 제 몸 하나 들어갈 좁은 땅에 묻힌다. 이야기의 교훈은 종교적이며 도덕적이다. 사람이 죽어서 가질 수 있는 땅은 그 정도뿐이다.

파흄은 부도덕적일까? 파흄의 소원은 자신의 땅을 경작하는 것뿐이다. 바시키르인들과 천 루블에 해 뜰 때부터 해 질 때까지 걸어서 돌아온 땅을 모두 가진다고 계약했을 뿐이다. 그러나 해가 질 때까지 출발점으로 돌아오지 못하면 땅을 받을 수 없다. 파흄은 계속 전진한다. 갈수록 비옥한 땅이 나온다. 어느덧 해가 기울기 시작했다. 마음이 급해져 뛰기 시작하고 가까스로 도착해서 그는 죽는다. 파흄은 가난에서 벗어나길 원했을 뿐이다. 파흄이 어리석다고 할 자격이 내게는 없다. 형벌처럼 주어진 가난에서 벗어나고 싶은 절실함을 안다. 안쓰럽고 마음 아프다.

나의 삶은 어떠한가. 내게는 얼만큼의 땅이 필요한가? 필요한 만큼 땅을 가지면 나는 행복해질까? 지금 사는 집에는 방 두 개와 거실, 욕실이 있다. 그것으로 충분하다. 다행인지 불행인지 넓은 집에 대한 욕망이 없다. 아늑한 잠자리면 충분하다. 깨끗한 물로 씻고 따뜻한 밥을 먹을 수 있으면 충분하다. 한때 멋진 서재를 갖고 싶었지만 가장 넓고 멋진 서재는 이미 내 머릿속에 있었다. 세상의 모든 틈이 글 쓸 수 있는 공간이었다.

아직 일할 수 있고 계속 할 것이다. 앞으로 어떻게 될지 모른다. 미래를 대비하지만 충분한지 아니면 넘치는지 모른다. 어차피 인생은 알 수 없다. 그저 최선을 다할 뿐 결과는 손에 닿지 않는 곳에 있다. 그러나 부지런히 손을 움직이는 일은 할 수 있다. 손을 움직이는 한 삶의 과정을 오롯이 가질 수 있다.

최소한의 땅도 갖지 못한 사람, 필요보다 많은 땅을 갖고도 만족하지 못하는 사람. 어느 쪽이 더 마음 아픈 일인지 판단할 수 없다. 타인의 삶을 재단할 수 없다. 그저 각자 걷는 것이다. 월세를 내기 위해 고단한 삶도, 오른 전세를 메꾸기 위해 뛰어다니는 일도, 번듯한 집을 마련하고도 대출 때문에 집에 있을 수 없는 삶도 모두 애달프다.

욕망은 우리를 나아가게 해주는 연료다. 하지만 욕망이 우리를, 우리의 인생 전부를 태워버리지 않도록 주의해야 한다.

쉼의 가치

쉼은 실로 가치 있다. 일을 위해서도 쉼이 필요하지만 인생을 위해 쉼은 필수적이다. 그런데 쉽지 않다. 쉬어 본 적이 없다. 어떻게 쉬어야 할지 모른다. 분명 집에서 잠자는 일 말고 뭔가 있을 것 같다. 하루를 꼬박 자고 일어나면 아쉬움이 남는다. 더 나은 시간을 보낼 수 있었을 것 같다. 아니다. 그냥 잠만 자도 괜찮다. 가끔 그래야 한다. 쉰다는 건 비운다는 것이다. 쉰다는 건 숨 쉴 틈을 만드는 것이다. 인생도 한숨 돌릴 시간이 필요하다. 우리의 삶이 제대로 기능하기 위해서 쉼이 필요하다. 제대로 자고, 낮잠 자고, 멍 때려야 한다.

한때 잠을 낭비라 여겼다. 제대로 못 자니 일할 때 실수가 늘고 피부는 거칠어졌다. 눈은 항상 충혈된 채였다. 오감이 둔해졌다. 잠은 몸뿐 아니라 마음을 쉬게 하는 일이다. 잘 자면 회복력이 상승하고 피부가 좋아진다. 면역력이 강해지고 스트레스를 풀어준다. 특히 눈과 뇌처럼 평소에 혹사당하던 부위를 쉬게 하는 시간이다. 잘 자면 비만에 걸릴 확률이 줄어들고 고혈압과 당뇨를 예방한다. 심장질환 위험을 낮춘다. 집중력과 기억력이 향상된다. 무엇보다 행복감을 증가시켜 준다. 적절한 수면시간은 일고여덟 시간이지만, 그 정도의 수면시간을 확보하기 쉽지 않다. 그럴 때는 낮잠이다. 하루 삼십 분 낮잠을 자자.

윈스턴 처칠은 "낮에 잠을 잔다고 해서 일을 덜 한다고 생각하지 말아야 한다. 그런 생각이야말로 상상이라고는 모르는 아둔함의 극치이다."라고 했다. 아인슈타인은 매일 자는 낮잠이 마음을 깨끗하고 창의적으로 만들어준다고 했다. "잠을 자는 시간은 동굴 속의 원시인으로 돌아가는 시간."이라 비난했던 에디슨도 사실은 낮잠은 길게 그리고 자주 잤다. 레오나르도 다빈치는 자신만의 낮잠 원칙을 갖고 있었고 집중력을 유지하기 위해 네 시간마다 십오 분씩 낮잠을 잤다.

가능하면 꼭 낮잠을 자자. 그럴 수 없다면 최후의 방법은 멍 때리기다. 멍 때리기는 하루 다섯 번 정도가 적당하다. 오감을 쉴 수 있는 편안하고 안정적인 곳이 좋다. 소음은 물론이고 음악도 없는 편이 낫다. 가만히 앉아 있는 것으로 충분하다. 충분히 휴식을 취하지 못한 뇌는 전두엽 기능이 떨어지며 판단력이 흐려지고, 불면증과 스트레스를 유발해 뇌 건강을 해친다. 명상이 대단할 필요는 없다. 멍 때리기가 가까이 있는 최고의 명상이다.

당신을 쉬게 해주라. 조금 쉬어도 괜찮다. 쉴 수 있을 때 쉬어라. 쉬는 것만으로 삶은 행복해진다. 행복을 위해 수단방법을 가리지 않듯 쉬기 위해 수단방법을 가리지 말아야 한다. 제대로 잠자고, 낮잠 자고, 멍 때려라. 그것 말고도 당신을 위해 해줄 수 있는 것은 모두 하라. 독서도 좋고 땀 흘리는 운동도 좋다. 몸과 마음을 함께 쉬게 하는 것이 이상적이지만 그럴 수 없다면 몸이라도 쉬게 하라. 마음만이라도 쉬게 하라.

쉼을 습관으로 만들어라. 마음껏 늘어져 있는 일 또한 온 힘을 다해 인생을 살아가는 일만큼 소중하다. 아무 생각 없이 쉬어도 된다. 그동안 세상에 아무 일도 일어나지 않는다. 의미 없는 나열보다 가벼운 쉼표 하나가 인생에는 필요하다.

4장
소복소복, 행복이 쌓이는 소리

아직 세상이 궁금하다

어릴 때 귀신이 너무 무서웠다. 정말 귀신은 존재할까? 티브이에서 「전설의 고향」을 보거나 무서운 이야기를 읽은 날이면 화장실 가기 너무 무서웠다. 재래식 화장실 뒤편은 폐가였다. 고양이 울음소리가 날 때마다 소스라쳤다. 두려움은 날이 갈수록 커졌다. 두려움이 커질수록 궁금증도 커졌다. 귀신은 있는가? 귀신을 물리칠 방법은 없는가? 사람은 죽으면 귀신이 되는 걸까? 사람은 왜 죽을까? 사람은 죽으면 어디로 가는 걸까? 질문은 계속 늘어났다. 궁금증을 풀기 위해 책을 읽었다. 처음에는 사후세계나 영적 체험에 관한 책을 읽었다. 엑토플라즘, 영매, 심령사진, 지박령, 원령, 수호령…… 읽어도 답은 없었다. 철학책을 읽었다. 공자, 맹자, 노자, 장자부터 니체와 에피쿠로스, 하이데거와 플라톤을 읽었다.

오히려 없을 무無라는 글자가 귀신보다 두려워졌다. 아무것도 남아 있지 않은 것, 아무것도 없음을 인지할 나라는 존재가 소멸하는 건 상상할 수 없었다. 상상할 수 없는데 무가 반드시 일어날 것이 슬펐다.

아무리 울어도 무는 아랑곳하지 않았다.

　종교를 접했다. 교회를 다니고 성경을 읽었다. 스님을 만나 문답을 나누고 다도를 배웠다. 『화엄경』을 읽고 『유마경』을 읽었다. 그래도 알 수 없었다. 먹고사는 일로 오랫동안 바빴다. 사랑하는 사람을 만난 뒤에는 연인과 어떻게 해야 더 행복해질지가 유일한 질문이었다. 그녀가 떠나고 다시 방랑했다. 온갖 책을 읽었다. 악몽에서 벗어나고 싶어 자각몽을 공부하고 『코란』을 읽고 『베다Veda』와 『우파니샤드』를 읽었다. 『장자』를 다시 읽었다.

　'비로소 나는 해답을 찾았다.' 할 수 있으면 좋겠지만 끝내 찾지 못했다. 아니, 어떤 것도 답이 될 수 없었다. 그럼에도 한 가지 알아낸 것이 있다면 계속 질문하며 사리라는 것이다. 한 가지 느낀 점은 그때마다 내게 필요했던 문장이 있었고 간절히 원할 때 문장은 내게 온다는 사실이다. 엘리자베스 퀴블러 로스의 『상실수업』과 정호승의 시가 없었다면 여기까지 올 수 없었다.

　남은 생은 그런 단어를 찾아 헤매는 것으로 시작되어 거기에서 끝날 것이다.

자각몽

자각몽을 꾸기 위해 노력한 시기가 있다. 눈을 뜨고 눈을 감아도 악몽이 이어지던 시기였다. 꿈과 현실의 경계가 무너졌다. 현실을 바꿀 의지도 남아 있지 않았다. 차라리 꿈의 세계에서 살고 싶었다. 그럴 수 있다고 믿었다. 꿈을 공부했다.

모든 꿈은 소망을 충족시키기 위한 것이다.

이 명제는 프로이트가 꿈에 대해 설명하는 중요한 전제다. 소망을 충족시키기 위해 자각몽 연습을 시작한다.

자각몽은 1913년 네덜란드 내과의사 F.V.에덴이 처음으로 사용한 용어이다. 꿈을 꾸면서 스스로 그 사실을 인지하기 때문에 꿈을 어느 정도 통제할 수 있다. 꿈꾸는 동안에도 깨어 있을 때와 마찬가지로 생각하고 기억할 수 있기 때문에 수면상태와 깨어 있는 상태의 차이가 거의 없다.

보통 꿈을 꾸는 동안 갑자기 이것은 현실이 아니라는 생각이 들며 깨어 있을 때와 마찬가지로 모든 사물을 생생하게 자각한다. 깨어나서도 꿈의 내용을 생생하게 기억한다. 자각몽을 꾸는 사람은 꿈속 상황에 대한 판단을 직접 하지만, 진행 과정을 완전히 통제하지는 못한다. 거짓각성은 이와 비슷하게 꿈은 생생하지만 꿈이라는 사실을 자각하지 못하며 깨어있는 상태로 인식한다. 꿈에서 경험하는 세상이 상상력이 빚어낸 결과임을 알고 있는 사람들은 꿈을 의식적으로 조작할 수 있다. 사물이나 다른 사람, 세상 그리고 자기 자신까지 창조하고 변형시킨다.

루시드 드림을 배우는 데는 세 가지 본질적인 요소가 필요하다. 첫째, 적절한 동기 — 넘칠 만큼 있다. 둘째, 효과적인 여러 기술들을 정확한 방식으로 연습할 것 — 꾸준한 반복만은 자신 있다. 셋째, 꿈을 정확하게 기억하는 것이다. 꿈을 기록하는 일기를 쓰는 것이 시작이다. 머리맡에 일기장을 놓아두고 하나도 빼지 않고 기록한다. 잠에서 깬 곳에서 움직이지 않고 마음속으로 꿈을 되새기면서 꿈을 다 기억할 때까지 꿈 이야기를 자신에게 한 다음 일기를 쓴다. 꿈에서 비현실적인 징표인 자신만의 꿈 표식을 찾는 것 — 그런 요소들이 나타나면 자기가 꿈꾸고 있음을 알 수 있다. 즉, 루시드 드림을 꿀 수 있는 가능성이 커진다.

몇 년 동안 수 천 장의 꿈 일기를 썼다. 흐릿한 기억이 선명한 장면이 되고, 장면은 이야기가 되었다. 처음에는 '미로'가 꿈의 핵심이었다. 어떤 장면이든 늘 막혀 있는 곳에서 꿈은 끝났다. 지하나 좁은 길을 헤매거나 전선 사이를 기어다니거나 사나운 맹수가 철창 사이를 빠져나와도 꿈은 언제나 출구 없는 곳에서 끝났다. 소스라쳐 일어나면 홀로 있는 방안이었다. 다시 잠이 들어도 미로 안이다. 빠져나갈 방법은 없다. 그 안에서 나는 찢기고, 부서지고, 끓고, 얼고, 무너지고, 피를 뿜었다. 도망치고 싶은데 빠져나갈 수 없었다.

꿈에서 그녀를 셀 수 없이 만났다. 처음에는 제대로 보지도 못했다. 그녀가 나를 피하거나 내가 숨었다. 보이지 않는 벽이 가로막거나 바다가 둘 사이에 있었다. 소리쳐도 들리지 않았고 들어도 대답하지 않았다. 나는 계속 물었다. 땅이 무너지고, 세상을 멸할 홍수가 범람하고, 하늘에서 운석이 떨어지고, 달이 산산조각 나도, 그녀에게 물었다. 질문은 처음에는 사랑했는가, 나중에는 행복한가였다. 수없이 묻고 또 물은 끝에 마침내 '행복하다.'라는 대답을 들었다. 비로소 악몽은 끝났다. 나는 꿈 밖으로 걸어나와 새로운 삶을 시작할 준비가 되었다.

제대로 자각몽을 꾼 것은 하늘을 날아서 대륙을 가로지른 딱 한 번이다. 몇 년간 썼던 꿈 일기는 허무맹랑한 망상이었는지 모른다. 그러나 반복되는 꿈을 이해하려 노력하면서 나는 나의 현재를 이해했다. 나의 현재를 안아주었다. 그것이 시작이었다.

시시한 글

시를 읽고 쓰는 것을 좋아합니다. 시를 읽는 일은 다른 이의 마음을 들여다보는 일입니다. 시를 떠올리면 허리가 펴지고 숨이 단정해집니다. 수많은 나라에서 온 시를 읽었습니다. 수십 년, 수백 년 전부터 내려오는 시를 읽었습니다. 시는 바다를 건너, 시대를 건너 내게로 왔습니다. 시를 읽는 밤들이 있었고, 시를 옮겨 적는 낮들이 있었습니다. 편지지에 시를 옮겨 적던 청춘이 있었습니다.

나의 일생을 지켜준 시인이 한 명 있습니다. 정호승 시인.

그의 시 「산산조각」을 주문처럼 외웠습니다. 새벽을 헤매면서도 계속 중얼거렸습니다. 그의 「산산조각」은 매순간 나를 지켜주는 부적이었습니다. 몇 년 동안 부적을 쥐고 살았습니다. 누군가가 진심으로 쓴 문장은 한 인간을 구원할 수 있음을 알았습니다. 그래서 씁니다. 받은 만큼 돌려줄 수 없어도 그에게 계속 답했습니다. 부족한 글을 다듬었습니다. 누군가의 마음을 안아주기를 바라며 매일 씁니다.

어쩌면 시를 읽고 쓰는 것은 낭비입니다. 시를 읽는다고 돈이 생기지 않고 시를 써서 밥을 먹을 수도 없습니다. 그저 온 힘을 다해 낭비하는 일입니다. 누군가에게 귀 기울이는 연습을 통해 내 마음의 목소리를 듣게 되는 일입니다. 가슴의 말을 옮기는 일이며 세상의 말을 옮기는 일입니다. 슬픔과 나눈 대화를 기록하는 일이며 절망의 몸짓을 기억하는 일입니다. 기쁨의 잔을 채워 마시는 일이며 대나무의 외로움을 받아 적는 일입니다. 장을 보고 돌아오는 겨울날 목련나무의 말을 듣는 일이며 여름날 시멘트 틈을 비집고나온 강아지풀의 무용담을 노래하는 일입니다.

　겨우 한 권의 시집으로 시인이라 자부하는 게 아닙니다. 시를 읽는 것과 마찬가지로, 시를 쓰는 것도 누구나 할 수 있다고 말하는 겁니다. 시인詩人, 수필가隨筆家, 소설가小說家, 극작가劇作家, 평론가評論家. 시인만 집 가 자가 붙지 않은 이유는 누구나 시를 쓸 수 있기 때문입니다. 자격이 필요하지 않기 때문입니다. 문학적 성취가 중요하지 않습니다. 삶을 이해하기 위해 세상을 제대로 보기 위해 스스로를 안아주기 위해 우리는 써야 합니다.

　불품없는 시라도 계속 쓸 겁니다. 쓸 수밖에 없습니다. 멋진 시를 쓸 줄 알아서가 아닙니다. 당신이 그렇듯 내게도 노래 부를 자격이 있기 때문입니다.

마흔 전 비행기 타기

마흔을 바라보지만 아직 비행기를 타보지 못했다. 요즘 중학생들은 비행기 타고 제주도도 간다는데, 가족끼리 해외 가는 일도 드문 일이 아니라는데, 스무 살 넘으면 유럽으로 배낭여행을 간다는데, 해외여행 가는 것이 직장생활의 낙이라는데 그런 말들은 내게 그저 이야기에 불과했다. 그리스와 프라하는 여행기로 존재했고 마드리드, 런던, 파리, 로마, 홍콩, 이스탄불은 어릴 적 했던 부루마블 게임 위에 존재했다.

바다를 건너 본 적은 없지만 조선소에서 일한 적은 있다. 유람선 튜브를 때우고, 탱크로리선 엔진을 올리고, 너트와 볼트를 조이고, 그라인더 작업을 했다. 진수식을 마친 배가 그리스나 이탈리아로 떠난 날, 나는 회사 사람들과 통닭을 뜯고 소주를 나누어 마신 뒤 집으로 돌아왔다.

기차로 한 달 남짓 전국을 돌아다닌 적은 있다. 스물 셋, 그저 전국을 떠돌기만 했다. 여비가 넉넉하지 않아 지역 음식 대신 삼각 김밥이

나 컵라면으로 끼니를 때우며 풍경을 보고 다녔다. 피시방에서 자고 기차에서 잤다. 가방에는 톨스토이 단편선과 정호승의 시집 한 권. 마음 내키는 대로 그냥 돌아다니기만 했다. 기차역 사무실에 들러 기차 여행 중이라고 하면 도장을 찍어주었다. 코코아도 얻어 마시고 운 좋으면 간식도 얻어먹었다. 아무 의미 없는 시간이었다. 목적하지 않은 뜻밖의 풍경이 있었을 뿐, 의미 없음으로 의미를 부여한 시간이었다. 여행이 끝난 후 다시 일했다. 힘들 때면 지갑 속 기차표 뭉치를 더듬었다. 언제라도 자유로워질 수 있다는 상징이었다. 하지만 그 이후로 하루 이상 쉰 적이 없다. 쉬는 법을 잊어버렸다.

하루 안에 쉼을 만드는 일은 전문가가 되었지만 쉼 안에 머무르는 일은 어린아이보다 못했다. 누군가 찾아올 때를 기다리며 어디로도 떠나지 못하는 사람이었다. 그렇게 살았다고 해서 계속 그렇게 살 필요는 없다. 충분히 일했다. 일만 하면서 살 수 없다. 마흔이 되기 전 떠날 것이다. 비행기를 타고 바다를 건널 것이다. 이왕이면 사랑하는 사람과 첫 비행기를 탈 수 있으면 근사하겠다.

해보지 못한 것이 많아 참 다행이다. 앞으로 해볼 것이 얼마든지 남아 있으니.

상처에 대응하는 우리의 자세

가장 강한 사람은 누구일까. 한번도 패배하지 않은 무적의 챔피언? 적수가 없을 만큼 압도적인 실력을 가진 검사? 세계를 쥐락펴락하는 강대국에서 가장 큰 권력을 가진 지도자? 헤아릴 수 없는 지혜를 가진 스승?

강함의 기준은 각자 추구하는 바에 따라 다르다. 강함의 기준이 상대적이라면 절대적인 강함은 존재하지 않는다. 무패 파이터의 마음이 세상 누구보다 여릴 수 있고, 재물 앞에서 초연하던 스승이 사랑 앞에 무너질 수 있다. 무소불위의 권력을 휘두르던 권력자가 한 방울 독에 죽거나 단 한 번의 오판으로 무너지기도 한다. 적수가 없던 검사가 권력자의 변덕에 자결할 수도 있다.

절대적인 것은 없다. 영원한 것도 없다. 모든 것은 필멸하며 과정만이 영원에 가까울 뿐이다. 강함은 상대적이며 일시적 현상에 불과하다. 강함은 결코 약함의 반의어가 아니다. 강함 속에 약함이 숨어 있듯 약함 안에도 강함이 숨어 있다. 양면성만이 오롯하다.

강한 사람은 한번도 지지 않은 사람이 아니다. 한번도 넘어지지 않은 사람이 아니다. 패배의 공포를 알면서도 다시 링에 오르는 사람이다. 남들보다 자주 넘어지지만 다시 일어서기를 멈추지 않는 사람이다. 흔들리지 않는 사람이 아니라 흔들리면서 방향을 잃지 않는 사람이다. 상처 입지 않는 사람이 아니라 무수한 상처에도 살아남은 사람이다. 나약함을 숨기지 않고 떳떳하게 드러내는 사람이다. 일상에 지쳐도 꿈을 포기하지 않는 사람이다.

대나무는 푸른 마디마다 상실을 담고 자란다. 소나무는 가시와 껍질로 자신을 숨길 만큼 겁이 많지만 안에는 뜨겁게 불타오를 송진을 품고 산다. 목련나무는 잎을 잃고 추위에 떨면서도 겨울 내내 꽃을 품는 일을 포기 하지 않는다.

우리는 매순간 가장 젊은 나와 이별하며 산다. 그러나 이별의 순간마다 새로운 나와 만난다. 작은 도토리 하나가 아름드리 참나무를 품고 있듯 나약한 우리 안에 세계가 있다. 도토리가 깨지지 않으면 나무가 자랄 수 없다. 상처받지 않고는 성장할 수 없다.

주의主義를 주의注意하다

　주의主義라는 말을 좋아하지 않는다. 굳게 지키는 주장이나 방침, 체계화된 이론이나 학설까지는 이해한다. 하지만 주의가 이데올로기가 되는 순간 강요로 느낀다. 옳고 좋은 것이면 사람들은 하지 못하게 막아도 따른다. 내가 옳다, 네가 틀렸다. 시끄럽게 큰 소리로 떠들면 사기를 치고 있구나 싶다. 시끄럽게 굴어 제대로 판단할 틈을 주지 않는구나 생각한다. 작게 말해도 충분히 알아듣는다. 제대로 말하면 이해한다. 대세라는 말도 마찬가지다. 이것이 옳다, 이것이 트렌드다, 하고 강요하는 느낌이 들어 마음에 안 든다.

　사회를 건강하게 하는 것은 다양성이다. 사회적 합의에 의해 만든 규칙은 받아들여야 한다. 그러나 어느 방향으로 갈지 결정하는 건 개인의 자유다. 방향이 같으면 함께 가고, 길이 틀렸다고 생각되면 따로 가면 된다.

　주의注意라는 말을 썼으면 좋겠다. 마음에 새기고 조심하거나 어떤 한 곳이나 일에 관심을 집중하여 기울인다는 뜻이다. 민주주의도 그랬으면 좋겠다. 그러면 세상은 좀 더 나아지지 않을까. 각자의 주의대로 했으면 한다. 물론 이것도 하나의 견해에 불과하다.

인문주의人文主義도 마찬가지다. 인간의 존재를 중요시하고 인간의 능력과 성품, 인간의 현재적 소망과 행복을 무엇보다 귀중하게 생각하는 정신. 인간 고유의 가치를 지닌 창조적 표현으로써의 예술, 종교, 철학, 과학, 윤리학 등을 존중하고 이러한 것을 짓밟으려는 모든 압력으로부터 그 가치들을 옹호하려는 노력이 휴머니즘으로 통한다. 인간성의 옹호를 목표로 하는 휴머니즘은 신본주의神本主義의 대척점에 서고 자본논리와 물질만능주의와도 대척점에 서 있다.

인문주의는 아직 완성된 단어가 아니다. 세상 대부분의 단어가 그러하듯 시행착오를 겪으며 완성을 향해 나아가는 중이다. 유대교 경전인『탈무드』는 모든 책의 맨 뒷장이 비어 있다. 거기에 자신의 생각을 쓰라는 것이다.『탈무드』의 목적은 정답을 알려주기 위함 아니라 스스로 문제를 해결하는 능력을 키워주기 위함이다.

멋지지 않은가. 위대한 연구라 불리는 경전을 오천 년간 연구하면서도 항상 여백을 남겨 놓는 지혜는 배우고 싶다.

누구를 위해 인생을 소모할 것인가

현자가 누더기를 입고 걷자 친구가 나무랐다.

"옷이 그게 뭔가."

현자가 말했다.

"여긴 나를 아는 사람이 없으니 괜찮네."

그 다음날 자기 마을에서도 누더기를 입자 친구가 물었다.

"또 왜 그러는가?"

"여긴 나를 다 아니 괜찮다네."

일과 관련해 매일 수백 수십 명의 사람을 만난다. 직업 하나 선택했는데 따라오는 일이 너무 많다. 일까지는 이해하는데 일에 주렁주렁 매달린 관계들이 참을 수 없이 많다.

관계가 늘어나면 복잡해지고 복잡해지면 꼬인다. 꼬인 틈 사이로 온갖 말이 헤엄치며 돌아다닌다. 관계는 그물처럼 조여들고 물고기처럼 버둥거리는 몸을 날카로운 말들이 찌른다. 계속 고통 받으며 살아야 하는가? 살면서 그래도 배운 것이 있다면, 결국 나는 타인을 근본

적으로 변화시킬 수 없다는 것이다. 타인을 변화시킬 수 없다면 스스로 변해야 한다. 그러나 타인을 위해서가 아니다. 자신을 위해 변화를 선택하는 것이다.

그냥 내 할 바만 제대로 하면 된다. 상대방의 반응에 어떤 기대도 않는다. 이것이 기본 원칙이다. 똑같은 행동을 해도 아홉 명은 칭찬하고 한 명은 반드시 욕한다. 그냥 내버려 두라. 또 다른 행동에 아홉 명은 욕 하고 한 명만 칭찬한다면 아홉 명의 말이 일리 있을 수 있다. 시간을 두고 생각한다. 바꾸는 것이 좋다고 결론나면 역시 시간을 두고 변화한다. 서두르지 않는다. 타인의 평가가 아닌 스스로의 인생을 위해서 바꾼다. 비난에도 바꿀 수 없는 가치라면 비난은 묵묵히 감수하면 그만이다.

내가 마음 쓰지 않으면 말은 나에게 아무 상처도 입힐 수 없는 허상에 불과하다. 내가 마음 쓰지 않는다면 관계는 나에게 아무 의미 없는 환상에 불과하다. 스스로 해야 할 도리를 다했으면 충분하다. 노력한다고 모든 선수가 승리할 수 없다. 사랑해도 버림받는다. 그것이 인생이다. 결과에 흔들릴 필요 없다. 삶은 과정이지 결과가 아니다.

변하지 않을 타인을 위해 인생을 소모할 것인가. 자신에게 집중해야 한다. 자신을 아껴주는 사람들에게 집중해야 한다. 아이들이 행복한 이유는 자신을 아껴주는 사람에게 온 마음을 다하기 때문이다. 늘 새로운 것을 궁금해하기 때문이다. 우리가 아이들을 보며 행복해하는 건 그 때문이다. 단순하게 살아도 된다. 행복하기에도 인생은 너무 짧다.

언어에 다치지 않는 요령

　낮과 밤이 만나는 여명과 석양, 파도가 넘실거리는 바닷가, 강물에 녹아내리는 햇살, 파란 하늘을 물들인 벚꽃, 한 뼘 내려와 앉은 여름날의 뭉게구름, 텃밭의 초록색 잎과 열매 들, 낙엽들의 붉은 목소리로 가득한 가을. 아름다운 풍경을 보면 눈과 가슴에 담고 싶다.

　아름다운 것을 보면 갖고 싶은 건 사람의 본성이다. 그런데 말에 대해서는 왜 그럴까? 따뜻한 말 한마디를 간절히 원하면서 오히려 날카로운 말에 집중하는 이유는 뭘까. 더러운 쓰레기가 집에 쌓이는 건 싫어하면서 가슴속에 더러운 말들을 쌓아두는 이유는 뭘까. 악취를 풍기는 곳은 피해가면서 더러운 말을 하는 사람을 피하지 않는 이유는 뭘까.

　사람은 강한 자극을 기억하기 때문이다. 자극적인 것이 머리에 오래 남고 강한 것이 가슴 깊이 박힌다. 그래서 나쁜 말은 피해야 한다. 피할 수 없으면 막아야 한다. 피할 수도 막을 수도 없으면 관리해야 한다. 말은 당신을 상처 입힐 수 없다. 당신이 허락하지 않는 한 말은 당신을 아프게 할 수 없다. 스쳐지나가게 내버려두라.

그럼에도 불구하고 가슴 안에 나쁜 말이 자리 잡으면 내버리면 그만이다. 손은 조금 다치지만 심장은 지킬 수 있다. 나쁜 말을 내버리고 생긴 자리에 아름다운 말을 채워야 한다. 따뜻한 말 한마디를 심어야 한다.

당신 안에 자라난 언어를 사랑하는 사람들에게 선물 하라. 그 빈자리에 향기로운 바람이 불어올 것이다. 타인의 언어가 당신을 상처입히지 않도록 하라. 아픔을 허락하지 말라.

육하원칙, 어떻게 살 것인가

언제, 어디서, 누가, 무엇을, 어떻게, 왜.

중요한 것은 누구와 함께인가. 어디든 상관없다. 무엇을 해도 상관없다. 어떻게 해야 더 행복할 수 있을까 고민했을 뿐, 사랑 앞에 이유는 중요하지 않았다. 언제까지나 함께일 거라 믿었다.

그녀가 떠난 후 무수한 '왜'가 나를 잠 못 들게 했다.

왜 너는 나를 떠났는가?

왜 나는 너를 잡지 않았는가?

왜 나는 버림받아야 했는가?

왜 모든 사랑은 끝이 나는가?

왜 더 사랑한 사람이 더 상처 받아야 하는가?

왜 나는 죽지 않고 살아 있는가?

답이라 믿은 것을 잃어버린 후 끝없는 질문들만 이어졌다.

종교서적을 뒤지고 다시 철학책을 꺼내고 생각하고 또 생각했다.

낮에도 생각하고 잠을 이룰 수 없는 모든 밤을 헤맸다. 그러다 결국 답을 찾는 것을 포기했다.

어쩌면 인생에서 중요한 것은 정답이 아니라 행복해지는 것 자체에 있다 생각했다. 순수하게 행복한 사람들은 왜를 고민하지 않는다. 있는 그대로 받아들이고 산다. 또 현명한 사람들은 왜 이런 일이 일어났는가 보다 앞으로 어떻게 살 것인가를 궁리한다.

그때부터 어떻게 살 것인가에 대해서 생각하기로 했다.

도토리를 줍다

도서관 가는 길, 나무 아래를 살피며 걷는다. 예쁜 도토리를 줍기 위해 천천히 걷는다. 책 두 권과 도토리 열한 알로 충만한 오후. 원래 쓸데없는 것을 좋아한다. 도토리 몇 알에 즐겁고 고운 낙엽 몇 장에 근사하다. 네잎클로버를 찾느라 땀 흘린다. 떨어진 벚꽃 잎을 주워 온다. 밤새 빗소리를 헤아리기도 한다.

평소에는 밥도, 일도, 뭐든지 시원하게 해치우는 것을 좋아한다. 공과금 영수증을 받으면 그날 바로 내야 속이 시원하다. 해야 할 과제가 있으면 해놓고 쉬어야 한다. 피곤해도 과제를 해놓지 않으면 마음 편히 쉴 수 없다. 급한 성격에 대한 반발로 인해 느리고 쓸데없는 시간을 좋아하게 되었는지, 원래 천성은 게으른데 환경에 적응하기 위해 효율적인 삶을 배운 것인지 알 수 없다. 사실 그리 중요한 일도 아니다.

두 가지 모두 내 모습임을 받아들이면 그만이다. 스트레스를 받으면 몸이 매운 음식이나 새콤달콤한 음식을 찾듯 마음 또한 힘들 때 쉬고 싶은 것이다. 아무 의미 없는 일, 아무 쓸모없는 일을 하는 시간이 오히려 나의 삶을 풍요롭게 하는 모순을 즐기면 된다.

오늘도 쓸데없이 해 지는 모습을 바라보며 시간을 보냈다. 견딜 수 없을 만큼 근사하다.

모난 돌은 정 맞는 것을 두려워하지 않는다

아버지 말씀이다. 나는 어렸을 때부터 모난 인간이었다. 모난 면을 바깥으로 보일 수 없는 환경이었을 뿐이다. 어떻게든 감춰야 했다. 사람들이 보기에 숫기 없고 얌전한 아이로 자랐다. 아버지는 엄했고 바닷가 동네는 좁았다. 소문은 바닷바람만큼 빠르게 돌았다. 아랫동네 감나무 집 아들은 함부로 굴 수 없었다. 바닷바람을 맞으며 제멋대로 자랐지만 버릇없이 굴 수 없다. 어른의 말은 당연히 따라야 했다.

그러나 내 안에는 항상 모난 부분들이 있었다. 자주 드러내지 않았으나 겉으로 드러날 때 사람들은 놀랐다. 친척도 보고 싶지 않으면 보지 않았다. 친구라는 호칭을 쉽게 주지 않았다. 함부로 굴면 그 자리에서 절교했다. 다시는 보지 않았다. 지키지 못할 원칙은 세우지 않았다. 욕을 먹어도 거짓말은 못한다. 고집을 내세우지는 않았으나 양보하지 않았다.

모난 짱돌 같은 사람이 되고 싶었다. 독하고 모진 면을 키워 그것으로 자신과 가족을 지키려 했다. 그러나 모난 면에 상처 입는 것은 가까운 사람들부터였다. 소중한 사람들을 무수히 상처 입히고 나서야 알았다. 상처 입힌 죄책감으로 가슴을 뜯어낸 무수한 밤이 지나고 알 았다. 당연한 이치를 몰랐다. 어리고 어리석었다.

모난 면에 정을 대는 일을 허락해야 했다. 날카로운 부분들을 깎았 다. 아프고 고통스러웠다. 쉽지 않았다. 단번에 될 일도 아니었다. 사 는 동안 업보처럼 지고 가야 할 일이다. 아직도 부족하다. 아직도 넘친 다. 그러나 꾸준하게 지속하는 일만은 자신 있다.

모난 돌은 정 맞는 일을 두려워하지 않는다. 모난 돌은 불 속에 들 어가는 것을 망설이지 않는다. 언젠가 누군가 쉬어 갈 수 있는 뜨끈한 온돌이 될 수 있으면 좋겠다.

향기로 기억되는 것

　프루스트 현상, 프루스트의 장편소설 『잃어버린 시간을 찾아서』 중 주인공이 홍차에 적신 마들렌 냄새를 맡고 어린 시절을 회상하는 장면이 나오는데 이렇게 냄새를 통해 과거의 일을 기억해내는 현상을 말한다.

　처음 떠오르는 향기는 바다 짠내와 뒤섞인 시멘트 곰팡이 냄새다. 세 살 때 부산에서 통영(당시 충무시)으로 엄마 손을 잡고 내려온 날이다. 바다 냄새를 맡으면서 이십 년간 그 집에서 자랐다. 집 밖으로 나오면 연탄재가 쌓여 있는 공터가 있다. 공터 한편 고랑탕 옆에 조선소가 있고, 쑥들이 핀 공터를 따라 걸어가면 갯벌이 있다. 공터에서 쑥을 뜯고, 갯벌에서 바지락을 캐서 된장찌개를 끓여 가족이 먹었다. 밥을 먹고 나면 잠을 잤고 일어나면 공터에서 놀았다. 구슬을 가지고 놀고 딱지치기와 비석치기를 했다. 정월대보름이면 깡통에 구멍을 뚫어 쥐불놀이를 했다. 겨울이면 나무를 모아 불을 피우고 고구마를 구워 먹고 구운 돌을 들고 다니며 손을 녹였다.

바람은 늘 바다에서 육지로 불었고 비린 냄새를 맡으면서 자랐다. 비린 바다 냄새는 고향이다. 부산에서 태어났지만 자란 곳은 통영이다. 동해에 가면 메마른 바위 냄새가, 서해에 가면 쓸쓸한 조개 냄새가 난다. 통영으로 가면 늘 어머니 품 냄새가 난다.

많은 향기를 기억한다. 시멘트 마당에서 빨래가 마르는 냄새, 낡은 장롱 서랍에 들어 있던 비누 냄새, 공장에서 퇴근한 어머니에게 나던 비린 냄새에 코를 부비던 일, 나를 안았던 사람들의 체취, 비에 젖은 그녀의 머리 냄새, 여름이면 심해지던 고양이 냄새, 엎드려 책을 읽는 내 등에 머리를 기댄 그녀, 우리를 향해 불어오는 대나무 숲 냄새.

통영에 가면 비린 바다 냄새는 여전하지만 많은 것이 변했다. 갯벌이던 곳에 신시가지가 들어섰고, 통발을 던져 물고기 잡던 해안가에 공단이 들어섰다. 뛰어놀던 공터는 사라졌다. 좁은 골목들은 남아 있지만 골목을 누비던 아이들은 이제 없다. 바닷바람은 여전히 불지만 그녀 또한 이제 없다.

향기가 가장 오래 남는 것은 사진으로도, 그림으로도, 글로도, 무엇으로도 담지 못하는 안타까움 때문이다. 가슴 아닌 곳에는 담을 수 없기에 향기는 절실함으로 우리 생에 계속 남는다.

쉬운 것을 어렵게 말하는 사람들에 대하여

어려운 말이 너무 많다. 불친절한 말이 너무 많다. 어려운 것을 어렵게 말하는 것은 어쩌면 당연한 일이지만 최소한 쉬운 것을 어렵게 말하는 사람은 정치인이 되면 안 된다. 쉬운 것을 어렵게 말하는 사람은 시인이 되면 안 된다. 어려운 것을 쉽게 말할 수 있는 사람이 정치를 해야 하고 어려운 것을 쉽게 말할 수 있는 사람이 시를 써야 한다.

쉬운 것을 어렵게 말하는 이유는 간단하다. 우리가 잘 알지 못하게 해서 자신의 이득을 꾀하는 것이다. 불친절한 말을 하는 사람을 경계해야 한다. 곁에 두지 않는 것은 당연한 권리고, 우리 위에 올라서지 못하게 하는 것은 당연한 의무다. 어려운 것을 쉽게 말하는 사람이 현명한 사람이다. 어려운 것을 쉽게 풀어주는 사람이 따뜻한 사람이다.

어려운 말을 하는 사람들을 경계하지 않으면 우려는 현실이 되고 현실은 지옥이 된다.

계영배로 마시다

계영배는 넘침을 경계하는 잔이다. 잔의 칠십 퍼센트 이상을 채우면 모두 밑으로 흘러내린다. 고대 중국에서 계영배는 일종의 제기였다. 제나라 환공이 스스로의 과욕을 경계하기 위해 쓰던 것을 환공 사후에 공자가 보았다는 기록이 있다. 환공은 계영배를 늘 곁에 두었고 공자도 이를 본받아 지나침을 경계했다. 최인호의 소설 『상도』에서는 임상옥이 실학자 하백원과 도공 우명옥이 만든 계영배로 스스로를 경계한다.

임상옥은 조선 후기 무역 상인으로 중국과의 인삼 무역권을 독점하며 베이징 상인들의 불매동맹을 깨뜨리고 원가의 수십 배로 팔아 막대한 돈을 벌었다. 그 돈으로 굶주리는 백성과 수재민을 구제한다. 그 공으로 벼슬을 얻으나 물러난 후에는 빈민구제에 힘쓴다. 말년에는 재산을 사회에 환원하고 작은 채소밭을 가꾸며 여생을 보냈는데 그의 문집인 『가포집』에 계영배에 관한 시가 있다.

재물은 평등하기가 흐르는 물과 같고, 사람은 바르기가 저울과 같다. 가득 채워 마시지 말기를 바라며 너와 함께 죽기를 원한다. 나를 낳아준 사람은 부모이지만 나를 이루게 해준 것은 하나의 술잔이었네.

임상옥은 분수를 지키고 절제를 통해 항상 만족함을 느끼며 살아야 한다고 생각했다. 솥의 세 다리 중 하나라도 치우치면 넘어짐을 알았다. 즉 균형 잡는 일을 중요하게 여긴 것이다. 힘이 강하고 약하고의 문제가 아니다. 중요한 것은 균형을 잡는 힘 자체다. 아무리 강한 힘을 지니고 있어도 그것을 통제할 수 없다면 자신의 것이 아니다. 힘에게 먹히지 않는 것, 마음의 주인이 되는 일보다 중요한 것은 없다.

욕망은 사람의 본능이지만 본능대로만 사는 존재를 우리는 사람이라 부르지 않는다. 욕망은 자연스러운 일이지만 욕망의 노예가 되는 순간, 생의 주인으로서의 자격을 박탈당한다. 욕망을 누리되 욕망에 지배당함을 항상 경계해야 한다.

용기라는 조건

모든 조건이 갖춰진 전장은 없다. 명장이라 칭해지는 사람들은 완벽한 조건에서만 이긴 것이 아니다. 불리한 조건을 이용할 방법을 궁리하고, 가진 것을 활용해 싸울 방법을 연구한 사람들이다. 그들에게 배운다. 최후의 승패는 모르지만 계속 싸운다. 물러서지 않고 계속 싸우는 과정이 인생이다.

조건이 갖춰져야 시작할 수 있다는 말은 조건이 갖춰지지 않으면 아무것도 할 수 없다는 말과 같다. 그것이 삶이건 사랑이건 상관없다. 우리는 준비하기 위해 사는 것도 아니고 조건을 갖추기 위해 사는 것도 아니다.

시작을 위해 오직 용기라는 조건만 있으면 된다. 조건이 충족되기를 기다리지 말고 용기를 내어 시작하라. 세상은 결코 우리를 위해 모든 것을 준비해주지 않는다. 그러나 우리가 용기를 내어 시작하는 순간 모든 것은 준비된 것이다.

서로를 동시에 원하는 기적

세상에 기적이 있다면 그것은 오직 사랑이다. 사람이 다른 사람을 원하는 일, 상대 또한 그를 원하는 일이 동시에 이루어질 때 우리는 사랑이라 말한다. 공간적으로 시간적으로 엄청난 일이다. 그 기적의 순간을 지속하는 것은 어떤 언어로도 설명할 수 없는 굉장한 일이다.

한쪽은 원하는데 다른 한쪽이 원하지 않는 상황, 한쪽은 불이 붙었는데 한쪽은 불이 꺼져가는 애처로운 교차, 서로를 간절히 원하지만 함께할 수 없는 공간의 저주, 셀 수 없이 많은 사랑이 시작되고 무수한 이별이 끝나지 않은 채 우리의 생에 머무는 것을 생각하면 그만 우주만큼 아득하다.

원하는 것이 있다는 건 축복인 동시에 저주다. 원하는 것이 있기에 성장하고 전진하고 견디고 일어나고 편히 눕는다. 원하는 것 때문에 실패하고 정지하고 견디지 못하고 일어나지 못하고 잠들지 못한다.

원하는 것이 없는 것이 잘못된 일일까. 일해서 돈을 벌고 장을 본다. 글을 쓰고 읽을 만한 책이 있다. 가끔 이대로 나이만 먹는 걸까 생각하면 아찔할 때도 있지만, 그때마다 어두운 터널을 이제야 벗어났으니까, 그렇게 생각한다.

물론 원하는 것이 많았다면 삶도 바뀌었으리라. 원하는 것은 나를 변화시키고 삶을 바꿀 동력이 된다. 누구도 원하지 않고 무엇도 바라지 않는 삶이 나를 정체시키는 것은 아닐까. 그렇지만 억지로 원할 수는 없다. 남들이 가리키는 방향대로 간다고 행복해지는 것은 아니니까. 그래도 언젠가, 어디엔가, 간절히 원할 누군가가 혹은 무언가가 나를 기다리고 있다고 생각하면 멋진 기분이다. 아직 찾지 못했을 뿐이다. 그렇게 생각하면 안심이 된다. 그 순간이 왔을 때 준비되어 있어야 한다.

한가한 사람 아닙니다

새해가 되면 많은 사람들이 새로운 결심을 하고 이내 포기한다. 그리고 부끄러워한다. 나 역시 그랬다. 주위 권유로 금연이나 절주를 결심했다. 몇 년 전 새해 아침 이런 생각이 들었다. 왜 새해 첫날을 타인이 원하는 일로 시작해야 할까. 새해 첫날부터 나를 괴롭힐 필요가 있을까.

그래서 스스로 즐거워질 일을 계획하거나 괴로움을 버리는 것을 목표로 했다. 스스로를 편하게 하는 작은 습관을 목적했다. 미련을 버리고, 절망을 버리고, 자신을 인정하고, 새로운 먹거리를 찾고, 새로운 음악을 듣는 그런 일들을 시작했다.

올해는 일방적인 관계들을 버리는 것이 목표다. 혼자만의 노력으로 유지되는 일방적 관계가 너무 많다. 먼저 말을 걸고 다정하게 대해도 대답이 없는 관계는 이어갈 필요가 없다. 살아온 날들만큼 관계는 누적된다. 계기가 있으면 끊을 수 있지만 계기가 없으면 관계는 습관처럼 이어진다. 의미 없는 관계를 붙잡기 위해 계속 상처 받는다.

오늘부터 그만이다. 결코 대단한 사람은 아니지만 그리 한가한 사람도 아니다. 매일 일하고, 운동하고, 집안일 하고, 글을 쓰고, 책을 읽는 것만으로도 하루가 부족하다. 대단한 인생은 아니지만 한번뿐인 인생이다. 이미 넘치도록 낭비했다.

새해 목표는 관계의 다이어트. 군살은 빼고 소중한 것은 건강하게 만드는 일이다.

소유와 통제

어제 동생이 돈을 빌려 달라 했다. 아무리 힘들어도 손 한번 벌린 적 없는 야무진 사람이기에 알았다고 했다. 준비되면 연락하겠다고 하니 적금인지 묻더니 그럼 아깝다며 다른 데 알아보고 연락준다고 했다. 알겠다고 하고 필요하면 꼭 말하라 했다.

살면서 돈을 빌려준 적은 한 번이며 빌린 적은 없다. 금전관계가 철저해서가 아니라 그저 관계에 금전이 끼어드는 것이 싫었다. 부족해도 지금 소유한 것으로 살면 그만이다. 부족하면 부족한대로 산다. 내 것이 아닌 게 삶으로 들어오는 일이나 내 것이 남의 삶으로 들어가는 일도 달갑지 않다.

시간도 마찬가지다. 혼자 사는 일에 익숙하다. 누군가 나를 찾는 일은 반갑지만, 일상이 흔들리는 건 반갑지 않다. 일어나면 운동하고 출근길에 바나나를 먹는다. 집으로 돌아오는 길에 운동장을 뛰고 턱걸이를 한다. 집으로 돌아와 글을 쓴다. 타인의 계획에 따르는 것은 불쾌하지만, 스스로 세운 계획을 지키는 일은 오히려 자유롭다. 오랜 세월

방치한 일상이 비로소 내 것이 되고 있다.

몸도 마찬가지다. 자주 오래 아팠다. 아플 때마다 몸은 타인의 것인 듯 낯설다. 식이요법을 엄격히 하고 가벼운 운동을 병행했다. 어느 정도 몸을 만든 후에는 하루 두세 시간 몸을 위해 투자한다. 누군가에게 보이기 위함보다 내 소유인 몸의 통제권을 빼앗기지 않기 위해서다.

말도 그렇다. 말은 타인에게 건네지는 순간 듣는 사람의 소유가 된다. 사람들은 금전거래는 신중하게 하면서 말을 거래하는 일은 가볍게 여긴다. 돈은 돌려받을 수 있지만 말은 건네면 결코 돌려받을 수 없다. 말은 하기 전에만 나의 소유다. 돈보다 말을 아껴야 한다.

생활을 통제하며 계획적으로 산다. 하지만 계획하지 않은 일이 주는 즐거움은 잊지 않는다. 평생 지킨 원칙을 깨고 소중한 사람에게 금전적 도움을 줄 수 있던 날의 기쁨을, 처음 경험하는 일에 빠져 보내는 시간이 얼마나 즐거운가를…… 몸이 통제를 벗어난 밤을 잊을 수 없다. 뜨거운 마음이 나도 모르게 말이 되어 나온 날 시작된 사랑을, 마음을 전부 주고 나서야 다시 살게 된 날을 나는 기억한다.

통제는 인생에서 필수적인 일이지만 통제의 바깥, 근사하고 멋진 것들은 모두 그곳에 있다.

순서만 지켜도 삶은 편하다

걱정 뒤엔 결정

걱정을 없앨 수 없다면 결정할 시기를 확실히 정한다. 걱정을 하더라도 방향성 있는 걱정을 한다. 복잡한 문제는 무조건 쓴다. 종이 한가운데 선을 긋고 항목을 적는다. 어차피 모든 조건을 충족하는 답은 없다. 결정한다. 결정보다 중요한 건 결정 뒤에 뒤돌아보지 않는 것. 결정하기 전에 충분히 뒤를 돌아보고 주위를 살핀다. 결정 뒤에는 아무리 돌아봐도 소용없다.

결정 뒤엔 열정

뒤돌아보지 않고 전진한다. 온 힘을 다한다. 좋은 결과를 위해 모든 것을 소모한다. 마지막까지 계속 주먹을 뻗는다. 더 이상 팔을 들 수 없을 때까지 반복한다.

열정 뒤엔 인정

아무리 노력해도 되지 않는 일이 있다. 노력보다 잘 될 때도 있다.

모든 상대에게 이길 수 없다. 모두 영웅이 될 수는 없지만 누구나 싸울 권리가 있다. 계속 싸운다. 결과를 인정한다. 인정해야 한다. 결과를 인정하지 않으면 다시 싸울 수 없다. 인정하는 순간 분기점이다. 또 다른 출발선이 된다.

　살아 있는 한 그것을 반복한다. 지루한 반복이 아니다. 숭고하고 황홀한 반복이다. 반복을 지속할 수 있는 힘. 내가 아는 가장 강력한 힘이다. 결정하고 나서 걱정하고, 걱정에 막혀 열정을 불태우지 못하고, 인정하지 못해 새로운 결정으로 나가지 못하는 경우가 있다. 걱정 뒤엔 결정, 결정 뒤엔 열정, 열정 뒤에는 인정이다. 제대로 순서만 지켜도 인생은 한결 편해진다. 선택이란 아이는 믿음을 주는 만큼 튼튼하게 자란다.

웃음의 존재 이유

삶은 고해다. 태어날 때부터 고통이다. 어머니의 몸 밖으로 나오는 순간 낯선 세상에 던져진다. 따뜻한 양수대신 차가운 공기를 들이마시면 울 수밖에 없다. 탯줄은 단호하게 끊어진다. 탯줄이 끊어지는 순간부터 두 번 다시 누군가와 한 몸으로 이어질 수 없다. 아기 때부터 배고픔과 추위, 질병을 배운다. 말을 배우지 못해 표현할 수 없어 그저 울음을 터뜨린다. 자라면서 끝없이 고통을 겪는다. 짧게는 십이 년, 길면 이십 년 이상 학교에서 경쟁한다. 뒤처지면 낙오자다. 겨우 직장을 구했다고 끝이 아니다. 좋은 직장이면 언제 해고될지 걱정하고 그렇지 않은 직장이라면 벗어날 수 없어 괴롭다. 만성피로에 시달리며 쉬지 못한다. 육체적 고통은 반복된다. 마음에도 고통이 가득하다. 고통은 사는 동안 계속 된다.

찰나刹那의 삶을 살지만, 고통 때문에 영겁처럼 느껴지는 것이 인생이다. 하지만 인생이 고통으로 가득하고 세상이 아픔으로 가득하다면 지구 위에 이렇게 많은 사람은 살지 않을 것이다. 사람들이 생각하기에 삶은 가치 있고, 많은 사람들은 세상이 아이를 낳을 만큼 살 만한 곳이라고 판단한다. 어쨌건 그런 판단 덕분에 우리도 세상을 구경한다. 사랑, 가족, 명예, 기쁨, 우정, 성취, 성공, 추억, 관심, 약속, 공감…… 삶을 지속할 가치들이 있으며 삶 자체가 소중하다. 그렇게 삶은 계속된다. 그리고 고통으로부터 삶을 지키는 강력한 보호구가 있다. 아픔을 견디게 하는 강력한 진통제가 있다. 사람들은 그것을 웃음이라 부른다. 위트라 해도 좋고 유머라 불러도 된다. 해학도 괜찮고 재치도 나쁘지 않다.

삶은 재미있다. 농담은 고통을 비틀어 숨 쉴 틈을 만든다. 진지하게 사는 것만큼 가벼운 위트도 중요하다. 유머러스한 사람이 되는 것은 젠틀한 사람이 되는 것만큼 멋진 목표다. 맞서 싸울 용기는 반드시 필요하지만, 날카로운 것들을 슬쩍 웃으며 피하고 위트 있게 받아 돌려주기도 해야 한다. 희극이라고 가볍기만 한 것이 아니며 비극이라고 웃지 말라는 법도 없다. 희극도 비극도 삶이다. 어떻게든 계속 살아가는 것. 그것으로 인생이란 무대에서 할 일은 다했다. 이왕 무대에 선 김에 마음껏 웃고, 박자나 음정 따윈 다른 사람들이 신경 쓰게 내버려두고 마음껏 노래하자. 몸을 흔들며 신나게 춤추자.

악기의 존재 이유

악기를 다루는 사람은 근사하다. 해금, 가야금, 거문고, 바이올린, 색소폰, 클라리넷, 기타, 하모니카, 피아노, 첼로, 드럼, 종류에 관계없이 멋지다. 가사 없이 선율만으로 이루어진 음악을 듣는 일은 황홀하다. 한 사람은 연주를 시작하고 나는 그것을 듣는다. 어떤 대화도 오가지 않지만 어느 순간보다 많은 대화를 나누고 있는 충만함.

언어로는 닿지 못할 어딘가를 함께 보는 환희. 그 시간을 함께하고 나면 두 사람 사이에 동질감이 생기고, 그것은 깨지지 않는 무언가가 되어 살아 있는 동안 두 사람 사이에 남는다.

'악기를 다루는 사람'이라는 말에서 다룬다는 말은 묘한 설득력이 있다. 아기를 어르고 달래듯 입을 움직이고, 연인과의 입맞춤처럼 때로는 수줍게 때로는 열정적으로 숨을 쉰다. 능숙하게 움직이는 손 아래로 그가 악기와 함께한 시간들이 보인다. 정신을 깨치는 타악기의 명쾌함이 좋고, 파도 위에 몸을 맡긴 듯 흘러가는 현악기의 울림도 좋다. 관악기의 공명하는 순간 또한 멋지다.

석기시대 백조의 요골에 손가락 구멍을 뚫어 피리를 불던 사람은 누구였을까. 짐승의 가죽을 벗겨 만든 북을 두드리던 날 그의 표정은 어떠했을까. 아득하다. 아득하다 못해 가맣다. 그로부터 수만 년이 지난 후에도 우리는 피리를 불고 북을 두드린다. 형태는 세밀해졌으나 본질은 변하지 않았다. 가늠할 수 없는 시간의 강 저편의 피리 소리와 북소리가 들리는 듯하다.

언어로는 결코 갈 수 없는 곳, 어쩌면 언어로 닿을 수 없는 곳에 가기 위한 도구로써 사람은 악기를 만들 수밖에 없고, 연주할 수밖에 없고, 들을 수밖에 없는 건지 모른다. 세상에 그토록 많은 악기가 존재하는 이유는 그곳에 닿기 위해 애써온 진화의 흔적인지 모른다.

결핍과 허기로 사랑하는 일

가끔 술에 취한 밤, 집으로 오는 길에 괜히 편의점에 들러 먹을 것을 잔뜩 산다. 회식으로 배가 가득 차 있는데 냉장고를 뒤진다. 육체의 허기가 아니다. 마음의 허기 때문에 뱃속에 이것저것 집어넣는 나의 모습은 조금 서글프지만 어쩔 수 없다. 그 정도쯤 허락해도 괜찮지 않을까. 물론 술에 취해 클래식을 듣거나 그림을 그리는 것처럼 고상한 일은 아니지만 그래도 아침이면 어김없이 일어나 속을 달래며 운동한다. 그렇게 하루를 시작한다. 그리고 또 술에 취하면 다 먹지도 못할 치킨을 시켜 몇 조각 먹고, 다음 날 살을 발라 볶음밥을 만들어 먹는다. 치킨을 데워 가져가면 주위사람들은 "어제 많이 외로웠나 봐요." 라고 한다.

그렇게 반복된다. 어차피 채워질 허기가 아니다. 받아들이면 편하다. 자신을 편하게 하는 것보다 중요한 일은 없다. 틈 날 때마다 글을 쓰고 책을 읽는 것도 마찬가지다. 무언가 결핍되어 있기 때문이다. 작은 틈도 두려운 것이다. 면도할 때가 아니면 거울을 보지 않는 이유와 같다. 결핍된 자의 얼굴을 보는 것은 그리 즐겁지 않다. 심연을 들여다보는 대신 책을 편다. 혼잣말을 하기 보다 글을 쓴다. 결핍에서 생겨난 틈을 메꾸기 위해서 부지런을 떤다. 남들은 겁 없는 남자로 보지만 사실 둘도 없는 겁쟁이다.

결핍과 허기는 상황이 변하지 않는 한 계속 찾아올 것이다. 끊임없는 허기는 어쩌면 생존에 필요한 건지 모른다. 어쩌면 지독한 결핍과 허기 때문에 누군가 필요로 할 때 사람은 사랑을 시작하는지 모른다.

고상함과 천박함 사이에서

나는 그다지 고상한 사람이 아니다. 그리고 세상에는 고상함으로 대하기 힘든 사람이 너무 많다. 공공장소에서 떠드는 사람, 무례함이 몸에 밴 사람, 기본적인 개념조차 배우지 못한 사람, 갑도 아니면서 요란하게 갑질만 하는 사람. 나열하면 끝이 없다.

혈기 넘칠 때는 그런 사람에게 일일이 대응했지만 그런다고 바뀌는 것은 없다. 일시적으로 기분이 나아질 뿐이다. 수십 년을 함께한 사람도 바꿀 수 없는데 잠시 마주친 사람을 교정할 수 있다 생각하는 것은 오만이다.

타인을 바꿀 수 없으니 내가 배려하려 한다. 가까운 사람들에게 사소한 예의의 중요성을 전도한다. 세상을 바꿀 수 없지만 눈에 보이는 곳은 깨끗하게 만들 수 있다. 눈에 보이는 곳이 우리가 사는 곳이다.

실수를 반복했고 많은 사람에게 피해를 주며 살았다. 아직 어른으로 제대로 구실을 못하지만 그래도 노력은 계속한다. 끝내 고상한 인간은 되지 못해도 천박하게 살고 싶지는 않다. 천박함은 선천적인 것이 아니라 후천적 노력을 멈추는 순간 시작된다.

나의 도덕은 단순하다. 누군가의 언행 중에서 싫었던 행동을, 옳지 않다 여긴 말을 하지 않는다. 내가 싫어하는 것과 옳지 않은 것을 남에게 되풀이하지 않는다. 가난하게 살아도 품위를 지킬 수 있다. 품격은 금전의 유무로 결정되지 않는다. 고상하게 사는 방법보다 천박하지 않게 사는 방법을 고민한다.

높은 곳을 지향하는 일만큼 낮은 곳부터 경계하는 일도 필요하다.

다운사이징

예전에 입던 와이셔츠 여남은 장과 정장 바지 일곱 벌을 헌옷수거함에 넣고 왔습니다. 가득 찬 옷장을 모두 정리하지 못했지만 그래도 비워낸 만큼 가벼워졌습니다. 쓸모가 다한 — 아니, 제 할 일을 다한 것들을 버리지 못하면 정말 필요한 것들을 놓을 자리가 부족해집니다. 그 사실을 나는 자주 잊어버립니다. 미련이 눈을 가리고 있기 때문입니다. 게으름이 손을 묶고 있기 때문입니다. 그동안 욕심은 발 디딜 곳 없이 마음을 가득 채워버립니다. 마음의 그릇을 키우는 것만큼 욕심을 비우는 것 또한 행복을 위해 필요한 일이라는 것을 헌옷수거함에 한 벌씩 옷을 넣으며 생각했습니다. 돌아오는 발걸음은 아카시아 향기만큼 달콤했습니다.

지름길, 에움길

　어릴 때부터 오른쪽과 왼쪽을 잘 구별하지 못했다. 자꾸 틀린 방향
으로 향하는 내게 어머니는 오른손을 보라고 말했다. 오른손에는 어
릴 때 입은 화상의 흉터가 있었다. 그것을 보며 반 박자 늦긴 해도 방
향을 찾고는 했다.

　이제 나이를 먹어 흉터는 희미해졌지만 방향을 잘 못찾긴 마찬가지
다. 오히려 심해졌다. 세월이 지나는 동안 내가 획득한 능력은 길을 찾
는 능력이 아니라, 길을 잃어도 당황하지 않고 평정심을 유지하는 능
력이다.

　길을 잘못 들어도 상관없다. 지름길은 찾지 못해도 상관없다. 인생
에서 ― 적어도 나의 생에서 제대로 된 길을 찾는 지혜보다 멈추지 않
고 계속해서 걸어갈 의지가 중요하다. 포기하지 않고 걸어가는 모든
에움길이 생의 의미가 될 것이다.

꽁꽁 얼어붙었던 사흘간

며칠 사이 두 번쯤 비가 오고 난 후 백목련이 흐드러지게 피었다. 파란 하늘에 내리는 함박눈 같기도 하고 봄의 축제를 알리는 폭죽처럼 느껴지기도 했다. 어쩌면 꽁꽁 얼어붙었던 겨울 동안 봄을 품고 견딘 목련의 승리일지 모르고, 봄을 보고 싶었던 겨울이 작은 껍질 속에서 잠시라도 봄을 구경하려는 애타는 기다림인지도 모른다. 그래서 목련은 먼저 피어 그렇게 뚝 하고 떨어져버리는 것인지 모르겠다.

사랑 속에서도 외로움이 자라나듯, 외로움 속에서도 사랑은 자라날 수 있다. 가능성은 얼마든지 남아 있다.

생의 끝에서

여행이 끝날쯤, 다시 한 번 시작할 기회를 달라거나, 조금만 더 시간을 달라는 말도 안 되는 요구는 하지 않도록 알찬 여행을 하고 싶어. 생이 끝나는 날 즐거웠노라, 아름다웠노라, 덕분에 잘 놀다 간다고 말하고 싶어. 이걸로 충분했다, 이제 좀 쉬어야겠다고 말하고 싶어. 유쾌한 피로감을 느끼고 싶어.

에필로그

에필로그로 쓴 글이 프롤로그가 되었다. 벌써 두 번째.
아직 프롤로그와 에필로그도 구분 못하는 내가 두렵다.
사랑과 이별도 구별하지 못하는 내가 두렵다.
마흔이 다 되어 새로 시작하는 것이 두렵다.
못 견디게 두렵다. 그러나 두렵다는 사실은 고맙다.
두려움은 삶을 희망하는 증거이기 때문이다.
아무것도 남지 않았을 때, 인간은 두려움을 잊는다.
두려움은 불안감과 마찬가지로 꿈꾸는 자의 것이다.

그래서 삶은 재미있고, 인생은 살아봐야 한다.

모든 힘을 다해 이백 장가량의 글을 썼고 다듬었다.
절반가량의 원고를 비워냄으로써 책의 절반을 채웠다.
나머지 절반은 당신의 몫이다.

그저 따뜻한 말 한마디

222

또 한 번 불완전한 책을 보낸다.

당신이 읽는 순간 불완전함이 채워져 비로소 한 권의 책이 완성된다.

완성되는 순간, 당신을 안아주기를 바란다.

다음에 만날 때까지 부디 있는 힘껏 행복하기만 하라.

에
필
로
그